Christian Y. Schmidt – Zum ersten Mal tot

Christian Y. Schmidt war bis 1996 Redakteur der *Titanic*. Seitdem arbeitet er als freier Autor. Außerdem ist er Senior Consultant der »Zentralen Intelligenz Agentur« sowie Redakteur und Gesellschafter des Weblog riesenmaschine.de. 1998 erschien »Wir sind die Wahnsinnigen«, seine Bestseller-Biographie über Joschka Fischer; 2008 das vielbeachtete Reisebuch »Allein unter 1,3 Milliarden« (2010 auch auf Chinesisch); 2009 der China-Crashkurs »Bliefe von dlüben«.

Edition
TIAMAT
Deutsche Erstveröffentlichung
Herausgeber:
Klaus Bittermann
1. Auflage: Berlin 2010
© Verlag Klaus Bittermann
www.edition-tiamat.de
Druck: Fuldaer Verlagsanstalt
Buchumschlagsfoto: Christian Y. Schmidt
ISBN: 978-3-89320-147-1

Christian Y. Schmidt

Zum ersten Mal tot

Achtzehn Premieren

**Critica
Diabolis
179**

**Edition
TIAMAT**

»Uns alle zieht eine Garnitur von faden fla-
chen Tagen wie von Glasperlen ins Grab,
die nur zuweilen eine orientalische wie ein
Knoten abteilt.«

Jean Paul, 1796

»Your life is just a carrier bag / Over-fill it
and the straps will snap.«

Jarvis Cocker, 2009

»Life's a gas.« *Marc Bolan*, 1971

Inhalt

Vorwort

DIESES BUCH SOLLTE EIGENTLICH »So schön war's bei der RAF« heißen. Ich dachte, das sei ein ausgezeichneter Titel. Dann fand ich in mühsamer Recherche heraus, dass es bei der Roten Armee Fraktion gar nicht so toll war, wie man gemeinhin denkt. Also heisst das Buch jetzt »Zum ersten Mal tot«. Auch ein guter Titel; Untote flüsterten ihn mir ein. Anders als er suggeriert, geht es im Buch aber nur vordergründig um Premieren. In erster Linie geht es um mich. Im Zuge meiner RAF-Recherchen habe ich nämlich auch festgestellt, dass es unglaublich viele Bücher über andere Leute gibt, über manche sogar mehrere. Über mich aber gibt es keines. Das ist um so bedauerlicher, als ich der Mensch bin, der mich am meisten interessiert. Zudem bin ich schon um einiges älter als dieses Jahrhundert, und habe Dinge erlebt, von denen junge Menschen heutzutage nur träumen können. Trotzdem hat bisher niemand über mich ein Buch geschrieben. Also muss ich auch das wohl selber tun. Das mag mancher für übertrieben egozentrisch halten. Aber besser, ich schreibe über mich, als über Vampire, Helium-3, Kinderkriegen, entlaufene Pferde oder anderes Zeug, von dem ich keine Ahnung habe. Ahnungslose Schriftsteller gibt es schon genug.

In zweiter Linie handelt das Buch wirklich von Premieren. Das heißt, es geht darum, wann ich etwas zum ersten Mal im Leben tat oder dachte. Das zu erkunden, so sagt die Erste-Mal-Forschung, ist interessant, weil es uns viel über eine Person verrät. Wer schon mit drei Jahren erstmals den Film »Hostel« sieht, der kriegt sicher später ein tolles Trauma. Wer aber erst mit dreißig seine erste Zigarette raucht, der wird kein guter Kettenraucher. Und sprechen wir erst auf dem Sterbebett unseren ersten chinesischen Satz, wird aus uns wahrscheinlich kein Chinesisch-Deutsch-Simultandolmetscher mehr.

So sind denn auch die hier von mir vorgelegten Forschungsergebnisse für den Leser äußerst lehrreich. Ich jedenfalls habe einiges gelernt, als ich dieses Buch nach dem Schreiben zum ersten Mal las. Es gab auch Überraschungen. Ich war zum Beispiel höchst erstaunt, dass bei rund der Hälfte meiner Ersten-Mal-Erfahrungen Alkohol und Drogen eine Rolle spielen. Das ist eine Seite, die ich an mir noch nicht kannte. Ich hatte eher das Bild eines strikten Abstinenzlers von mir, der sich hin und wieder ein Glas erlaubt. So kann man sich irren.

Dieses Buch ist allerdings keine Autobiographie. Schließlich gibt es nicht mein ganzes Leben wieder. Es fehlen die langen Phasen des Rumsitzens, Rumlaufens, Schlafens, Essens und Überhauptnichtstuns, die den größten Teil meines Lebens ausmachen. Es fehlen sogar sehr wichtige Erste-Male: Meine erste Begegnung mit dem Hähnchenkönig Friedrich Jahn zum Beispiel, oder wie ich Karl Eduard von Schnitzler (»Der schwarze Kanal«) Anfang 1990 die erste Kolumne im Satiremagazin *Titanic* verschaffte. Selbst meine Erstdurchquerung der Taklamakanwüste, die erste Reise zu den Polisario-Rebellen in die Westsahara und der Erstaufenthalt in Nordkorea ohne Visum sind kein Thema. Diese Premieren werden vielleicht einmal nachgeliefert, in »Zum ersten Mal tot – Band 2«; es sei denn, ich gebe vorher wirklich mein Besteck an der großen Besteckabgabestelle ab.

Extrem aufmerksame Leser werden wahrscheinlich feststellen, dass sich in manchen der achtzehn Kapitel die eine oder andere Begebenheit wiederholt. Warum das so ist, ist einfach zu erklären: Die hier versammelten kurzen Geschichten sind über einen Zeitraum von zehn Jahren entstanden, und die meisten waren ursprünglich nicht für eine Veröffentlichung in einem Band gedacht. Bei der Bearbeitung wurden viele Dopplungen gestrichen. Die eine oder andere ließ sich trotzdem nicht vermeiden, wollte ich die jeweilige Geschichte nicht zerstören.

Auch die Chronologie des Buches scheint etwas durcheinander. Das nun liegt daran, dass die Reihenfolge der Geschichten von einem vierjährigen Kind festgelegt wurde, das dafür ein Eis bekam. Zudem wechseln Tempo, Farbe, Beleuchtung und Lautstärke öfter. Die Absicht war, auf diese Weise das Pendant zu einem Pop-Musik-Album zu schaffen. Vorbild war dabei die erste Platte der ultrafrühen Pink Floyd »The Piper At The Gates Of Dawn«, die zugleich die beste Platte aller Zeiten ist; da kann der *Rolling Stone* sie noch so oft auf einen schäbigen Platz 347 setzen. Ich bitte die Kritik herauszufinden, ob mir a) das Gegenstück gelungen ist und b) welche Geschichte »Interstellar Overdrive« sein könnte? Auf »The Piper At The Gates Of Dawn« sind allerdings nur elf Stücke. Dieses Buch verfügt dagegen über achtzehn prächtige Kapitel. Hier orientierte ich mich an den achtzehn Stufen der chinesischen Hölle, die die Hauptfigur des Buches durchwandern muss, bis sie schließlich ihr Ziel erreicht. Außerdem hat auch »Ulysses« von James Joyce achtzehn Kapitel. Aber das brauche ich Ihnen ja nicht zu erzählen.

Dem extrem aufmerksamen Leser wird wahrscheinlich auch die eine oder andere Geschichte bekannt vorkommen. Das liegt dann daran, dass er sie schon mal so ähnlich gelesen hat. Ältere Versionen einiger Geschichten sind zum Beispiel in den schönen Städtebüchern des *Verbrecher Verlags* erschienen. Manche standen in anderer Form im Feuilleton der *Berliner Zeitung* oder aber im Schlaumeierforum *Wir höflichen Paparazzi*. Sämtliche Texte wurden für dieses Buch komplett überarbeitet, erweitert, gekürzt, verschönert, aufgemotzt und angemalt. Etwa ein Drittel sind Erstveröffentlichungen.

Inspiriert wurde das Buch auch von einem Vorschlag Max Goldts, der lautet: »Um dem weitverbreiteten Mangel an Bereitschaft entgegenzutreten, das eigene Leben als einzigartiges Erlebnis aufzufassen, gibt es kostengünstige Alternativen zu Flucht in Rafting und Felsenkletterei: Man kann sich z.B. allabendlich hinsetzen und sich überlegen: Was habe ich heute zum ersten Mal gemacht?« Bereits vor zehn Jahren veranlasste dieses Zitat Heiko Arntz und Tex Rubinowitz zur Herausgabe einer Ausgabe des leider längst verblichenen Literaturmagazins *Der Rabe*. Dieser »Erste Mal Rabe« gilt heute als eines der grundlegenden Werke der Premierenforschung. In dem Kompendium bin auch ich mit einer Geschichte vertreten. Die aber ist nicht gelungen, weshalb sie auch in diesem Buch nicht vorkommt. Der Text »Der Kippenberger« des hoffnungsvollen Nachwuchsschriftstellers Joachim Lottmann im selben Band ist um Lichtjahre besser. Schon wegen ihm lohnt sich die Anschaffung des kleinen, antiquarischen Buchs auch heute noch.

Martin Kippenberger habe ich zwar auch irgendwann das erste Mal getroffen – und zwar 1991 oder 1992 in einer Toilette in Kassel –, doch tritt er in diesem Buch nicht auf. Statt dessen kommen vor: Joseph Beuys, Novalis, Verona F., Theodor Heuss, Marburg, Martin Walser, Gina W. und ein gewisser DJ Bim Bam. Ansonsten geht es um tödliche Krankheiten, die Bundeswehr, Star Trek, Epileptiker, prügelnde Polizisten, Neandertaler, LSD, Religion, die Stasi und den Maoismus. Auch der Teufel, die Stadt Bielefeld und die Hölle werden überraschend häufig erwähnt. Und es tauchen immer wieder Liliputaner auf. Es ist also die Frage, ob sich dieses Buch wirklich nur um mich dreht. Vielleicht handelt es ja auch von Ihnen?

Schleimhaut Rock

Zum ersten Mal tot (8 Jahre)

ZUM ERSTEN MAL STARB ICH mit acht Jahren. Ich lief
sehr schnell über große Abwasserrohre, die am Straßenrand darauf warteten, unter die Erde verlegt zu werden.
Ich rutschte ab und fiel mit dem Rücken auf eine frisch-
verlegte Bordsteinkante. Das Blut schoss mir in den
Schädel. Ich sah rot und schwarz, der Atem blieb mir
weg, mir wurde heiß und es blitzte. Dann brach meine
Wirbelsäule und ich war tot. Ich spürte es ganz deutlich.

Das nächste Mal starb ich auf einer Müllkippe, auf der
ich gerne zwischen Haus- und Klinikmüll nach Sachen
suchte, die ich gebrauchen konnte. Ich wühlte gerade in
einem Haufen abgelaufener Psychopharmaka und weg-
geworfener Spritzen und merkte dabei nicht, wie ich auf
einen Berg von Kunststofffolien geriet. Der Berg setzte
sich plötzlich in Bewegung und rutschte ganz langsam
dem stinkenden Teich entgegen, der sich am Grund der
Müllkippe gebildet hatte. Sein Wasser war wie Rohöl und
von einer Schwärze, wie ich sie noch nie gesehen hatte,
und mittendrin lag ein verrosteter Kran.

Ich hatte große Angst, denn ich konnte noch nicht
schwimmen. Es war auch überhaupt nicht klar, ob
Schwimmen in dem öligen Pfuhl was nutzen würde. Also
hielt ich still. Ich war so ruhig, wie es irgend ging, damit
die Plastiklawine zum Halten kommen konnte. Ich starrte

krampfhaft auf die Folien. Es waren ausgestanzte Verpackungen für Margarine. Die Aufschriften brannten sich in mein Hirn: »Homa Gold« und »Fritz Homann, Dissen am Teutoburger Wald«. Ich musste diesen Plastikberg irgendwie zum Stoppen bringen. Doch das Starren nutzte nichts. Der Berg und ich rutschten weiter, ganz langsam zwar, aber unaufhörlich. Bald war ich nur noch dreißig Zentimeter von der Brühe entfernt. Ich begann zu beten und dachte daran, wie ich einmal auf meinem Kassettenrecorder so oft »Spirit in the sky« von Norman Greenbaum gehört hatte, bis mich ein namenloser Schrecken überkam, der mich zugleich freudig erregte. In diesem Moment hatte ich das Gefühl, ganz leicht zu werden, als würde ich tatsächlich gleich in den Himmel fliegen. So ungefähr fühlte ich mich jetzt wieder.

Als meine Schuhe das Wasser praktisch schon berührten, stoppte der Plastikberg mit einem Mal. Ganz vorsichtig bewegte ich mich zur Seite und rettete mich auf eine demolierte Waschmaschine, die auf festem Grund stand. Seit diesem Tag mochte ich keine Homa Magarine mehr, und griff auch später im Supermarkt nur noch zu Rama oder Lätta.

Ich bin auch einmal verblutet. Das war Jahre später, als ich mit Lydia und Matz in Portugal zelten war. Ich hatte mit Matz in einem Dorf Rotwein getrunken und wankte mit ihm zurück zu unseren Zelten. Die standen weit weg vom Dorf auf einer kleinen Halbinsel, die in einen Stausee ragte. Der Weg dorthin war ein schmaler Trampelpfad, der sich in ein paar Meter Höhe an dem Stausee entlangschlängelte. Jeder von uns hatte zwei Weinflaschen dabei, und weil wir keine Taschen hatten, trugen wir sie in den Händen. Es waren noch gut fünfhundert Meter bis zu den Zelten, als ich plötzlich ausrutsche und zu Boden ging. Die Flasche in der linken Hand zerschellte und eine Scherbe zerschnitt mir den Unterarm kurz unter dem Handgelenk. Ich starrte auf den kreideweissen Lappen Haut, den die Flaschenscherbe herausgeschnitten hatte und der jetzt am Arm hing. Die Stelle verfärbte sich sehr schnell rot und Sekunden später spritzte Blut in hohem Bogen aus mir raus.

»Ach du Scheiße«, dachte ich. »Die Vene.« Und mir fiel ein, dass es im Umkreis von mehreren Kilometern keinen Arzt, kein Haus und keine Straße gab, also auch keinen Rettungswagen. Meine Lage war ziemlich aussichtslos. Trotzdem begann ich zu laufen. Dabei versuchte ich die Blutung mit der rechten Hand zu stoppen. Das Blut aber pulste schön rhythmisch weiter, wie in einem Zombiefilm, wenn einem irgendwelche Gliedmaßen abgerissen werden. Wie warm doch das eigene Blut ist, wenn es einem über den Arm läuft, und wie flau einem dabei wird. Und irre, wie lange ich so laufen kann. Das ist ja ganz erstaunlich. Das ungefähr ging mir durch den Kopf. Bei meinem Zelt angekommen, nahm ich eine Unterhose und wickelte sie mir ganz fest um den Arm. Dann verkroch ich mich erschöpft ins Zelt. Am nächsten Morgen war die Unterhose schwarz verkrustet und ganz steif. Ich fühlte mich schwach, war aber noch da. Ich wunderte mich ein bisschen.

Heute erinnert mich eine Narbe in Form eines Hufeisens an diese Geschichte. Es sieht so aus, als wäre der Teufel über meinen Arm gelaufen oder als hätte er mir ein Brandzeichen verpasst. Dieses Mal erinnert mich auch daran, dass ich nach der Sache mit der Weinflasche begann, an der Entschlossenheit von Gevatter Tod zu zweifeln. Egal welche Katastrophen mir auch passierten, ich starb nicht. Vielleicht gilt ja der Satz, dass alle Menschen sterblich sind, nicht für mich. Vielleicht bin ich die Ausnahme von der Regel.

Der Tod versuchte immer wieder, mir das Gegenteil zu beweisen. Nachdem es mit den Unfällen nicht geklappt hatte, probierte er es mit Infektionen. Mit fünfunddreißig Jahren bekam ich AIDS. Ich hatte mich in einer Kneipe betrunken zu einer blonden Frau an den Tisch gesetzt, sie zunächst einfach nur angestarrt und als sie zurückstarrte, irgendwas geredet. Ohne es zu wollen, folgte ich der Frau später in ihre Wohnung. Dort schloss sie mich ein, zog mich aus und zwang mich, mehrmals mit ihr zu schlafen. Da entdeckte ich, dass ihr Rücken mit kleinen Knötchen bedeckt war. Das Kaposi-Syndrom, ganz klar!

Natürlich hatte ich ein Kondom benutzt. Trotzdem hatte mich Freund Hein jetzt ordentlich am Wickel. Jeden Morgen schüttelte und rüttelte er mich, bis meine Zähne klapperten, und abends wiegte er mich in den Schlaf. Dabei summte er Schlummerlieder wie »Schleimhaut Rock« oder »Kondome haben Löcher«. Ich rief mehrmals die AIDS-Hotline an, doch diese Gespräche konnten mich nur für eine halbe Stunde beruhigen. Immer wieder rechnete ich den Zeitpunkt aus, an dem ich sterben würde: Mal gab ich mir zwanzig Jahre, mal nur ein paar Monate, ganz nach Laune. Nach drei Wochen ging ich endlich zum AIDS-Test. In den fünf Tagen, in denen ich auf das Ergebnis warten musste, schrieb ich mehrere interessante Testamente. Dann kam der Bescheid. Der Doktor übergab ihn mir in einem Umschlag. Ich riss ihn auf: Negativ. Der Tod konnte mal wieder seine Sense packen und nach Hause gehen, wo immer das auch sein mag.

Ich weiß nicht, was es ist, aber der alte Gleichmacher kommt offenbar nicht gegen mich an. Sogar meine Mitmenschen meidet er, bin ich bloß in ihrer Nähe. Deshalb habe ich trotz meines fortgeschrittenen Alters im wirklichen Leben noch keinen Toten gesehen. Es ist natürlich nicht so, dass keine Leute sterben, die ich kenne. Immer wieder wird mir von Todesfällen berichtet, und diese Leute tauchen dann auch tatsächlich nirgendwo mehr auf. Aber jedes Mal, wenn es passiert, bin ich gerade woanders. Dabei gehe ich den Todeskandidaten nicht aus dem Weg. Einmal besuchte ich einen Freund, der mit einem Hirntumor im Krankenhaus lag. Er war vom Tod gezeichnet. Wir redeten über das Sterben und am Schluss versprach ich ihm, zu seiner Beerdigung zu kommen, um dort ein paar Worte zu sagen. Ich konnte das Versprechen nicht halten, denn als der Freund schließlich starb, war ich gerade auf einer Forschungsreise im Norden Englands. Auch bei der Beerdigung meines Großvaters war ich nicht dabei, sondern sehr weit weg und unerreichbar.

Zu mir selbst kam Hein Klapperbein nur noch dann, wenn ich absolut nicht mit ihm rechnete. Einmal fiel ich ausgerechnet in einem Fernsehstudio fast vier Meter tief in einen Schacht, der an Betontreppenstufen endete. Ich kann mich noch daran erinnern, wie sehr ich staunte, als ich in das dunkle Loch hinuntersegelte: »Das war es also jetzt. Das war dein ganzes Leben.« Dann knallte ich auch schon auf den Beton. Mein linker Oberschenkel zerbrach in kieselsteingroße Stücke, aber ich verlor noch nicht einmal das Bewusstsein. Ich lag dort auf dem Grund des düsteren Schachts, und während ich laut um Hilfe schrie, dachte ich: »Siehste, Gevatter. Ich bin nicht kaputt zu kriegen.« Allerdings waren die Schmerzen, die ich spürte, nicht von schlechten Eltern. Im Krankenhaus durfte ich sie deshalb mit einer Schmerzpumpe bekämpfen, die direkt über meinem Bett hing. Damit jagte ich mir bei Bedarf Morphium in die Venen. Ein paar Minuten später hatte sich mein Krankenzimmer in einen Hippietraum verwandelt. An der Wand mir gegenüber bewegten sich Farben in Spiralen, dazwischen krabbelten rote Käfer. Und manchmal stand der Tod an meinem Bett, mit betrübter Miene. Er trug einen blauen Overall und sah aus wie Gerhard Schröder.

Nach diesem Misserfolg ließ mich der Tod ein paar Jahre in Ruhe. Er meldete sich zurück, als ich die Fünfzig gerade überschritt. Ich glaube, unser grauer Betreuer liebt die Dekade zwischen Fünfzig und Sechzig ganz besonders. Da geht es ja auch langsam mit dem großen Sterben los. Ich bekam einen Hirntumor, der aber verschwand, nachdem man mich dreimal in die MRT-Röhre gesteckt hatte. Der Tumor verwandelte sich in amyotrophe laterale Sklerose. Ich hatte alle Symptome dieser geheimnisvollen Krankheit, die fast immer innerhalb weniger Jahre zum

Tode führt: Muskelschäche, Schwindel, Krämpfe und Kribbeln in den Beinen. Sie passte auch gut zu mir. Es waren bereits etliche andere Prominente an ihr gestorben. Der Schauspieler David Niven, Charlie Mingus oder der Kanzlermaler Jörg Immendorf. Auch Stephen Hawking leidet an der VIP-Krankheit. Ich las sofort ohne Unterbrechung alles über ALS, bis ich schließlich auch alles wusste, unter anderem, dass ich die Krankheit nicht haben konnte. Damit verschwanden sämtliche Symptome. So ähnlich war es auch bei meiner Lungenfibrose, dem Lupus oder dem Pankreastumor. Inzwischen glaube ich, je älter ich werde, desto unsterblicher werde ich.

Natürlich schmeckt das dem feinen Herrn Tod nicht. Und darum brütet er sicher schon die nächste Schweinerei aus. Ich vermute, er spekuliert darauf, dass er mich eines Tages überlistet. Doch das wird nicht passieren. Ich bin auf der Hut und merke jedes Mal, was er im Schilde führt. Ich weiß, er hofft darauf, dass ich unaufmerksam werde, um dann plötzlich richtig zuzuschlagen. Aber ich habe keine Angst. Denn selbst, wenn es ihm irgendwann gelingen sollte, was sollte das schon für ein Sterben sein? In ein paar hundert Jahren gehe ich eines Abends mit einem leichten Zittern zu Bett. Und am nächsten Morgen wache ich einfach nicht mehr auf. Vollkommen unspektakulär. Es wird für mich Routine sein, ein alter Hut, so langweilig wie die Reden deutscher Bundespräsidenten. Was aber ist wohl mein letzter Gedanke? Ich glaube, so etwas wie: Ach, könnte ich doch nur so sterben wie beim allerersten Mal. So aufregend und gesund.

Epileptikeradel
und schwarze Schwestern

Zum ersten Mal draußen
(33 Jahre)

ICH BIN ZWISCHEN DEN GRÜNEN BERGEN von Garizim und Morija aufgewachsen. Seitdem ich denken konnte, blickte ich aus dem Fenster unserer Küche auf Bethanien, dem »Haus der Armen«, einem Flecken bei Jerusalem. Wir spielten in den Gärten Magdalas am See Genezareth, und auf dem Weg zur Schule überwand ich täglich den Berg Nebo, auf dem Moses starb, nachdem ihm Gott das Land der Verheißung gezeigt hatte. Passend zu dieser Geschichte stand hier oben eine Kapelle, aus der es immer süßlich roch, weil in ihrem kühlen Keller die Leichen aufgebahrt wurden, die auf ihre Bestattung warteten. An manchen Sommerwochenenden zogen wir mit unserer Mutter Richtung Enon und pflückten schwarze Brombeeren. In dieser Gegend taufte einst Johannes, denn es gab viel Wasser hier. Bei Enon stand auch das Haus Arafnas. Auf dessen Tenne hatte König David vor Zeiten einen Altar errichtet, aus dem dann später der große Tempel wurde. Ganz hinten im Wald, hinter den drei grünen Gaskugeln, erhob sich hoch auf einem Berg Salem. Das war das Ende unserer Welt.

Diese Welt trägt den Namen Bethel, was auf Hebräisch so viel wie das »Haus Gottes« heißt. Dieses Bethel aber liegt nicht, wie man meinen könnte, in Israel, sondern ist heute ein Teil von Bielefeld. Damals gehörte es noch nicht zur Stadt, sondern war eine fast selbstständige Anstalt, die etwa 8.000 Epileptiker und ein paar Tausend Geisteskranke beherbergte. Die Bezeichnung »Anstalt« führt allerdings in die Irre, da man sich darunter ja gemeinhin ein klar begrenztes, ja ummauertes Gelände vorstellt. Doch diese Grenzen fehlten.

Bethel war eine protestantische Einrichtung, was die biblischen Namen aller hier errichteten Häuser und Landschaftselemente erklärt. Auch alle Menschen, die in den beiden Betheltälern lebten, waren stark vom Protestantismus geprägt. Wahrscheinlich gab es hier keine fünf Katholiken. Bethel war so etwas wie der protestantische Vatikan. An der Spitze der gesellschaftlichen Ordnung stand eine ganze Schar von Pfarrern, denen ein kleines Bataillon von Diakonen zuarbeitete. Zu denen zählte mein Vater. Die Pfarrer und Diakone waren Angehörige einer Bruderschaft. Uns Kindern erschlossen sich die Hierarchien erst langsam. Wir fragten immer, ob jemand, der uns besuchte oder den wir auf der Straße trafen, auch ein »Bruder« war oder aber bloß ein »Herr«. »Ist ein Bruder was Besseres?«, fragte ich irgendwann meine Mutter. Die verneinte. Doch das stimmte nicht. Die Herren waren so etwas wie die zivilen Angestellten Bethels und hatten fast immer Vorgesetzte, die sich untereinander mit Bruder ansprachen.

Auch die Frauen in Bethel gehörten unterschiedlichen Klassen an. Es gab welche wie meine Mutter, die mit Männern verheiratet waren. Und es gab Frauen, die das nicht durften. Das waren die Diakonissen. Sie trugen eine pechschwarze Tracht und weiße gestärkte Hauben, unter denen sich eine einheitliche Mittelscheitelfrisur verbarg. Diese Frauen, die niemals Mütter werden würden, gehörten absurderweise einem Mutterhaus an. Sie wurden mit Schwester angeredet und arbeiteten in den Pflegehäusern Bethels. Vor den Schwestern hatte ich Angst. Sie hatten etwas Steifes, Soldatisches an sich, ja manche schienen mir von Grund auf böse. Ob sie über oder unter den verheirateten Frauen standen, war schwer zu sagen. Eher bildeten sie eine Parallelgesellschaft in der Anstalt. Letztlich aber waren auch sie den Pfarrern Untertan. Einer stand an der Spitze des Mutterhauses und wurde von den Schwestern Vater genannt.

Am unteren Ende der gesellschaftlichen Skala befanden sich die Epileptiker und Geisteskranken. Sie hießen einfach: die Patienten oder Kranke. Sie mussten sogar in der Kirche auf getrennten Bänken sitzen, so wie die Schwarzen zur Zeit der so genannten Rassentrennung in den USA. Die Kränksten bekam man gar nicht zu sehen. Sie lagen auf Torfbetten in dunklen, vor über hundert Jahren gebauten Pflegehäusern, in denen es nach Scheiße, Pisse und Großküchenessen roch und aus denen manchmal fürchterliche Schreie drangen. Nur einmal betrat ich das Innerste eines solchen Hauses. Es war bei einem Martinssingen. Die Schwestern hatten uns Kinder hineingelassen und dann das Licht gelöscht, damit unsere Laternen besser zur Geltung kamen. Ich stand am Ende eines Bettes und sah im flackernden Licht ein stöhnendes Wesen mit aufgerissenem Mund und offenem Rücken vor mir liegen. Das Wesen hatte das Gesicht zu einem breiten Grinsen verzogen und ich sang tapfer: »Ein feste Burg ist unser Gott, ein gute Wehr und Waffen.«

Lustiger war der Patientenadel, den wir täglich auf der Straße trafen. Ernst von Tabor, der schöne Siegfried von Arafna oder Dieter von der Brockensammlung. Das jeweilige Pflegehaus, in dem sie wohnten, war Teil ihres Namens geworden; ihren echten Nachnamen kannte keiner. Dafür war jeder von ihnen etwas Besonderes. Ernst von Tabor trug immer einen Haufen Papiere mit sich herum und einen Dirigentenstab. Erklang irgendwo Musik, stellte er sich vor die Quelle und begann zu dirigieren, auch wenn es nur ein Radio war. Gegen Ernst war Karajan ein Amateur. Dieter von der Brockensammlung schob einen Handkarren durch die Anstaltsstraßen, mit dem er Pappkartons und anderes Verpackungsmaterial einsammelte. Am liebsten aber er hing er an einem Schulhof herum, um dort mit seiner immer zu lauten, kehligen Stimme blutjunge Mädchen anzusprechen. Und dann war da noch ein alter Mann mit wenigen grauen Haaren, den wir nur als »den Kater« kannten. Er begrüßte jeden auf der Straße mit einem lauten, lang gezogenen »Miau«. Er war bei den Erwachsenen sehr beliebt, weil er das absolute Gehör hatte. Für ein paar Mark stimmte er die Klaviere in der Anstalt, auch bei uns kam er dazu einmal im Jahr vorbei. Uns Kindern war der Graue suspekt. Er tätschelte uns die Wangen etwas zu lange und fasste uns auch anderen Stellen manchmal seltsam an.

Es gab auch echte Adelige unter den Patienten. Einer war Herr von Bismarck, aus der Familie des ehemaligen Reichskanzlers. Er wohnte im »Libanon«, hatte aber trotzdem seinen Nachnamen behalten. Er war hochgewachsen, ging in grünem Loden und schritt mehrmals in der Woche gravitätisch an unserem Haus vorbei. Mein Großvater war noch zu Lebzeiten des Kanzlers Bismarck geboren, und auch er war ein Diakon. Doch arbeitete mein Großvater im Garten, und stolzierte Bismarck vorbei, wurde er von meinem Großvater immer voller Hochachtung gegrüßt. Es gab noch einen anderen grüngekleideten Patienten, der in Bethel berühmt war. Das war der Polizist. Er trug eine knallgrüne, Orden geschmückte Uniform mit dazu passenden Reitstiefeln. Ab und zu machte er auch außerhalb der Anstalt kleine Ausflüge. Dann konnte man ihn irgendwo in Bielefeld auf einer Kreuzung sehen, wo er den Verkehr regelte.

Die epileptischen Patienten unterschieden sich von den Geisteskranken dadurch, dass sie von einem Moment auf den anderen mit einem großen Anfall zusammenbrechen konnten. Da es in meiner Kindheit noch keine besonders ausgeklügelten Antiepileptika gab, passierte das laufend. Mehrmals am Tag sahen wir Kinder Erwachsene, die zappelnd und zuckend auf der Straße lagen, mit Schaum vor dem Mund und verdrehten Augen. Besonders häufig schlug der epileptische Blitz ein, wenn sich ein Patient irgendwie erregte. So bekam bei einer schmissigen Predigt in den Anstaltskirchen fast jedes mal ein Patient einen Anfall. Pfleger und Mitpatienten schafften den Zuckenden dann möglichst schnell aus dem Kirchenschiff und trugen ihn auf eine Liege in einen Raum, der extra für die Anfälle gebaut war. Das war so normal, dass niemand weiter davon Notiz nahm. Nur für uns Kinder war so ein Anfall immer eine willkommene Abwechslung in den öden Gottesdiensten.

Viele Epileptiker trugen damals einen ledernen Sturzhelm, der sie vor Verletzungen bei einem Anfall bewahren sollte. Ein nicht besonders vorteilhaft wirkendes Kleidungsstück. Natürlich machten wir Kinder uns darüber lustig. Auch sonst amüsierten wir uns über die Patienten, obwohl uns das die Eltern streng verboten hatten: »Die Kranken sind Menschen wie wir. Man darf nicht über sie lachen.« Aber weil sich die Patienten eben so komisch benahmen und wir Kinder waren, hörten wir nicht auf sie. Wir äfften den Gang, die Anfälle und ihre seltsame Art zu sprechen nach, oder wir versteckten uns in Bethels kleinen Wäldern hinter Bäumen und sprangen dann hervor, um sie zu erschrecken. Besonders gerne ärgerten wir den liebestollen Dieter von Brockensammlung. Einmal regte er sich darüber so sehr auf, dass er neben seinem Karren zu Boden ging und krampfte. Da kriegten wir es doch mit der Angst zu tun und liefen schnell nach Hause. Ich machte mir den ganzen restlichen Tag große Sorgen. Doch am nächsten Tag stand Dieter wie gewohnt an der Schule und röhrte die kleinen Schulmädchen an. Er hatte offenbar vergessen, was passiert war.

Wir Kinder lebten gerne in Bethel. Da Kinder Geschenke Gottes waren, hatten die Brüder alle große Familien. Sechs oder sieben Kinder waren keine Seltenheit. Wir waren vier Geschwister, und das Haus, in dem wir wohnten, stand allen anderen Kindern immer offen. Wir tobten auch durch die Häuser und Gärten der anderen Familien. Uns gefiel auch, dass Bethel damals noch sehr ländlich war. Es gab mehrere Bauernhöfe, auf denen auch Patienten arbeiteten, die dazu in der Lage waren. Der schöne Siegfried und sein hässlicher Kumpel fuhren täglich mit einem Pferdefuhrwerk die Anstaltsstraßen ab, um in großen stinkenden Tonnen Essensreste einzusammeln, die an die Schweine Arafnas verfüttert wurden. Auch Enon war ein Bauernhof und den Schweinen von Arimathia warfen wir im Herbst Eicheln und Kastanien in ihre Koben, die direkt an unserem Schulweg lagen.

Patienten arbeiteten auch in der anstaltseigenen Bäckerei oder in der Ziegelei, von der eine kleine Schmalspurbahn zur anstaltseigenen Tongrube zuckelte. Das Ziel der Anstaltsgründer war es gewesen, Bethel so autark wie möglich zu machen. Deshalb hatte man nach und nach auch noch eine Schusterei gebaut, eine große Gärtnerei, ein Milchgeschäft, in der man lose Milch und Butter kaufen konnte, eine Schlosserei und eine Schmiede, die den Namen Gilgal trug. In der Bibel war das der Ort, an dem König Saul gesalbt wurde, später wurde er ein Hort der Abgötterei. Hier lungerte ich manchmal herum und beobachtete Hengste mit erigiertem Penis, die beschlagen wurden. Ich wunderte mich über den Schlauch, der aus ihnen herausragte, und ich dachte, diese Pferde seien irgendwie kaputt. Es schien aber weder sie selbst noch irgendeinen anderen zu stören, und als ich meiner Mutter das Problem erklären wollte, verstand sie es nicht.

In der Mitte der Anstalt stand das große Bethelkaufhaus. Es hieß Ophir nach dem sagenhaften Goldland, aus dem König Salomo Gold, Sandelholz und Elfenbein holen ließ, um seine Prachtbauten in Jerusalem zu errichten. Hier wie in den anderen Geschäften konnte man mit Bethelgeld bezahlen, einer Parallelwährung, die bis heute in ganz Deutschland einzigartig ist. Das Geld wurde nur an Patienten und in Bethel Beschäftigte ausgegeben, die es in der örtlichen Filiale der Sparkasse tauschen konnten. Es war ein guter Tausch, denn für 100 Mark Bundesgeld gab es 105 Mark Bethelgeld. Die Anstaltsleitung hatte diese eigene Währung eingeführt, damit der Lohn der Angestellten und das Taschengeld der Patienten in Bethel blieb; außerdem sollte wohl verhindert werden, dass sich Patienten und die auf dem Lindenhof verwahrten »Tippelbrüder« außerhalb der Anstalt mit Stoff versorgen konnten. Natürlich kamen sie trotzdem an ihren Schnaps, denn einige Geschäfte direkt an der Grenze Bethels nahmen auch die betheleigene Währung an. Offenbar gab es dunkle Kanäle, die benutzt wurden, um die Scheine zurückzutauschen.

Ich liebte unser Bethelgeld, und bekamen wir Besuch von draußen, gab ich damit an. Besonders gut gefiel mir, dass es neben Eine-Mark- und Zwei-Markscheinen sogar Fünfzig-Pfennigscheine gab, denn so hatte ich als kleiner Taschengeldempfänger immer auch Papiergeld im Portemonnaie. Ich hätte gerne noch mehr gehabt, und eigentlich wäre das auch nicht schwer gewesen. Unser Vater hatte nämlich die Verbrennung alter Bethelgeldscheine zu überwachen. »Ach Papa«, bettelten wir, »bring uns doch einfach ein paar mit. Das merkt doch keiner.« Doch der Vater sagte nur: »Ihr wisst doch, dass Gott alles sieht«, und ließ sich nicht erweichen.

Außer den besonderen Bewohnern und dem Bethelgeld gab es noch ein paar Dinge, die in Bethel anders waren als im Rest der Welt. Es existierte eine eigene Post, die sogenannte Botenmeisterei, wo das Verschicken von Briefen innerhalb Bethels nichts kostete. So sparte man vor allem beim Versenden von Todesanzeigen. Auch das Telefonieren war umsonst, was wir Kinder weidlich ausnutzten. Waren die Eltern aus dem Haus, riefen wir Leute mit komischen Namen an und terrorisierten sie. »Ist da Frau Küth?« »Ja.« »Tüt, tüt, tüt«, und das ungefähr zwanzig Mal am Tag. Da die Telefongespräche auf keiner Rechnung auftauchten, kam uns nie ein Erwachsener auf die Spur. Es gab auch einen kostenlosen Bethelbus, doch der fuhr nicht an unserem Haus vorbei, so dass wir ihn kaum nutzten. Was fehlte, war lange Zeit ein eigener Rundfunksender, doch als man das bemerkte, gab es den dann plötzlich auch. Der Betheler Krankenhausfunk übertrug per Kabel die Gottesdienste aus den Betheler Kirchen in die Pflegehäuser, und ab Mitte der Siebziger gab es zwischendurch religiöse Popmusik, bevorzugt von der anstaltseigenen Fürsorgezöglingsband »Wir« aus Freistatt, Bethels Teilanstalt im Moor.

Bethel hätte eigentlich nur noch eigene Briefmarken drucken müssen, dann wäre es glatt als ein Zwergstaat wie Monaco, San Marino oder eben der Vatikan durchgegangen. Tatsächlich hörte ich immer mal wieder das Gerücht, es hätte nach Ende des Zweiten Weltkriegs Pläne gegeben, Bethel aus Westdeutschland heraus zu trennen und in die Unabhängigkeit zu entlassen. Das aber ist wahrscheinlich Blödsinn. Diese Anstalt war ja nicht von dieser Welt. Ich wusste lange nicht, womit ich diesen Ort vergleichen sollte, bis ich irgendwann die Fernsehserie »The Prisoner« mit Patric McGoohan sah. Hier wird ein Haufen seltsamer Gestalten in einem nur »The Village« genannten höchst autarken Dorf festgehalten, in dem seltsame Regeln gelten und aus dem es praktisch kein Entrinnen gibt. Allerdings glaubte ich, dass ich, wenn ich nur wollte, »der Anstalt« jederzeit entkommen konnte. Wie sich später herausstellen sollte, war das ein Irrtum.

Ich irrte auch, als ich dachte, dass in Bethel alles so bleiben würde, wie ich es als Kind vorgefunden hatte. Ab Mitte der sechziger Jahre setzten die ersten Veränderungen ein. Es begann damit, dass meine Eltern Wegwerfbettwäsche aus Papier testen mussten. Die sollten in allen Betheler Pflegehäusern eingeführt werden, um so die Kosten für das Waschen einzusparen. Die Bettwäsche kratzte furchtbar und riss andauernd, so dass man am Ende doch von einer Umstellung von Stoff auf Papier Abstand nahm. Dafür stellte man vor Ophir einen Eisautomaten auf. Klaus Möller fand sofort heraus, dass der Automat nicht richtig funktionierte. Das Bundesgeldstück, das man einwarf, kam wieder raus; ein Eis aber bekam man trotzdem. Wir Kinder räumten den Automaten täglich leer und konnten eine Zeit lang Eis wie Brot essen. Nach ein paar Wochen endete unser Glück abrupt. Weil der Apparat sich offenbar nicht reparieren ließ, war er eines Tages wieder verschwunden.

Trotz dieser kleinen Rückschläge ließ sich der Fortschritt auch in Bethel nicht aufhalten. Gegen Ende der Sechziger begann man viele der alten, wie mittelalterliche Burgen oder Schlösser wirkenden Pflege- und Verwaltungshäuser abzureißen, und an ihrer Stelle Waschbetonburgen zu errichten. Diese Übergangszeit war auch die beste. Wir Kinder spielten in den leer stehenden Abbruchhäusern, schmissen alle Scheiben ein und fanden auf den Dachböden verborgene Schätze. Wir zerrten zurückgelassene hölzerne Rollstühle aus den Schuppen und fuhren mit ihnen auf abschüssigen Straßen Rennen. Uns standen jetzt auch die riesigen Gärten der Pflegehäuser offen. Hier ernteten wir die verlassenen Erdbeerfelder ab, pflückten eimerweise Johannisbeeren, legten Stauseen an, in denen wir Frösche züchteten, und bauten Häuser in den Bäumen. Im Frühjahr legten wir im trockenen Gras kleine Steppenbrände oder errichteten riesige Scheiterhaufen, in denen wir am liebsten gefundene Autoreifen, Altöl und Plastikteile verbrannten. Oft standen große schwarze Rauchsäulen über unserem Betheltal und manchmal kam die Polizei vorbei, um einzuschreiten. Doch dann waren wir längst weg.

Als man dann damit begann, die neuen Häuser zu errichten, ging diese Epoche zu Ende. Etwa zur gleichen Zeit wechselte ich aufs Gymnasium. Mein Schulweg war nicht weit; ich brauchte dafür kaum zwanzig Minuten. Doch die Schule befand sich auf der anderen Seite des Berges. Dort lag das, was unter den Bethelanern nur »die Stadt« hieß, eine Welt, in dem alles ganz anders war und wo andere Gesetze galten. In der Stadt zerfiel die Gesellschaft nicht in Brüder, Herren und Patienten, und Bethelgeld war wertlos. Hier konnte es passieren, dass man dafür aufgezogen wurde, weil man aus Bethel kam. Immer wieder gab es Klassenkameraden, die sich vor mir aufbauten und sagten: »Ey, Schmidt, du schuldest mir noch fünf Mark.« Anfangs fiel ich noch darauf rein und fragte verdutzt: »Wofür denn das?« »Ich hab' dir doch in Bethel über die Mauer geholfen. Dafür!« Es nutzte nichts, dass man beteuerte, es gäbe um Bethel herum gar keine Mauer. Wer hierher kam, war in den Augen der anderen eben auch ein Irrer oder bestenfalls eine Witzfigur.

Aber natürlich waren wir, die wir aus Bethel kamen, anders. Und manchmal glaubte sogar ich, dass wir alle eine Macke hätten. Das hatte auch Vater Möller immer wieder behauptet, ein Nachbar, der in Bethel als Aushilfsgärtner arbeitete: »Wer als Normaler länger als fünf Jahre in Bethel gewohnt hat, wird selbst bekloppt.« Auf Vater Schulz traf das zu. Er war ein Alkoholiker, der in der Nachbarschaft die Stelle des Asozialen besetzte, auch weil er seine Kinder über das normale Bethelmaß hinaus schlug. Sein Sohn Klaus trug den Spitznamen »Hauwie«, weil er schon im Sandkasten des Vaters Prügelattitüde übernommen und andere Kinder angeschrien hatte: »Ich haue dich, aber wie.« So kaputt wie Hauwie war ich nicht, aber ich spürte immer wieder, dass auch ich eigentlich nicht in die normale Welt passte.

In dieser Welt bekamen die Leute Angst, wenn jemand einen Anfall hatte und sich in Krämpfen auf dem Boden wälzte. Man lief davon, wenn Spastiker einen unverständlich anlallten, und ekelte sich vor Spucke, die in langen Fäden von wulstigen Lippen troff. Außerdem war diese Welt schlecht und ungerecht, und mit so etwas wie Barmherzigkeit konnte man nicht rechnen. Ich fand mich hier nur sehr mühsam zurecht. Ich hätte natürlich mein Leben lang in Bethel bleiben können, wo ich wusste, wie der Hase hoppelte. Aber das neue Bethel gefiel mir nicht.

Die Waschbetonburgen sahen aus wie überall, und weil sich die Bauernhöfe nicht mehr rentierten, wurden einer nach dem anderen dichtgemacht. Der schöne Siegfried fuhr jetzt nicht mehr mit dem Pferdewagen durch die Anstaltsstraßen. Auch der restliche Patientenadel verschwand. Irgendwann tat der Kater seinen letzten Maunzer, und Ernst von Tabor fiel der Taktstock für immer aus der Hand. Selbst für die Bezeichnung »Anstalt« begann man sich zu schämen.

Für mich war klar: Ich musste mir ein neues Bethel suchen, neue Brüder, Schwestern und Patienten. Ich brauchte eine Weile, bis ich sie fand. Mitte der Achtziger stieß ich in Frankfurt auf eine Gruppe, die den Betreibern und Insassen Bethels ähnlich war: Die Redaktion des Magazins *Titanic* und ihr Umfeld. Ich will nicht ausbreiten, wer hier welche Rolle einnahm; bis dieses Kapitel geschrieben wird, müssen wohl noch einige Jahre ins Land gehen. Ich kann nur versichern, dass ich mich als ehemaliger Bethelinsasse in dieser Versammlung von Neurotikern, Paranoikern, Hypochondern und bipolar Gestörten einige Jahre sehr wohlgefühlt habe. Auch die Leserschaft dieses Blattes besteht ja zu einem großen Teil aus Menschen, die im Oberstübchen nicht ganz richtig sind. Ich hatte damit selbstverständlich keine Probleme. Und so übernahm ich, als ich *Titanic*-Redakteur wurde, automatisch die Betreuung der härtesten Fälle.

Ich beantwortete die Briefe von Leuten, die mit in den Zähnen implantierten Radios gefoltert wurden, der Hohlwelttheorie anhingen oder Selbsttrepanation mit Bohrmaschinen als den einzigen Weg zur Erleuchtung propagierten. Natürlich versuchte ich, sie möglichst sanft abzuwimmeln. Hatte es aber trotzdem jemand geschafft, bis in die Redaktionsräume vorzudringen, war ich es, der sich um ihn kümmerte. Einmal war ein Schizophrener auf das Dach der Redaktion geklettert, nachdem ihm die Sekretärin in letzter Sekunde die Stahltür vor der Nase zugeknallt hatte. Dieser Mann, der sich Konsul St. nannte, hatte schon vor seinem Besuch ein Paket an die Redaktion geschickt, in dem sich unter anderem sein Abiturzeugnis, sein Wehrpass und ein Einlieferungsbeschluss in die geschlossene Psychiatrie befanden. Ich war also auf den Mann bestens vorbereitet, denn selbstverständlich hatte ich sein Paket und die beiliegenden Papiere genau studiert. Konsul St. hatte während eines Schubs Passanten auf der Straße als »CSU-Faschisten« und »Franz-Josef-Strauß-Anbeter« beschimpft und sie von seiner Wohnung im vierten Stock mit Topfpflanzen bombardiert. Es war ein kleines Wunder, dass bei diesem Angriff kein Mensch zu Schaden gekommen war. Das meinte jedenfalls der einweisende Richter.

In einem weiteren Schreiben bewarb sich Konsul St. um einen Redakteursposten bei der *Titanic*, wobei er sich ausdrücklich auf den Einweisungsbeschluss als »aussagekräftiges Zeugnis« berief. Ich dachte, jetzt sei er wohl gekommen, um seine Stelle anzutreten. Ich hatte falsch gedacht. Nach seinem Ausschluss aus den Redaktionsräumen hatte sich der Konsul aufs Flachdach der Redaktion geschlichen. Hier hockte er jetzt vor einer der Plexiglashauben, die als Oberlichter dienten, und schrie nach unten: »Die Sache hat sich erledigt. Ich will mein Paket zurück. Ich habe es versehentlich im Dunkeln gepackt.« Als er aus der Redaktion nur ein höhnisches Lachen hörte, begann er, die Muttern der Hauben zu lösen. Dabei schrie er mit einer Stimme, die direkt aus der Hölle zu kommen schien: »Einen Moment. Ich bin gleich da!«

Er kam mit den Schrauben erstaunlich schnell voran, und so war es nur eine Frage der Zeit, bis sich die Kuppel öffnen und der irre Konsul in die Redaktion herablassen würde. Da bekamen es die Redakteure, die sich eben noch in Sicherheit gewähnt hatten, doch langsam mit der Angst zu tun. Auch mir war die Situation nicht geheuer, hatte ich doch in Bethel mehr als einmal erlebt, was für Kräfte Menschen auf einem psychotischen Schub entwickeln können. Andererseits hatte ich die Erfahrung gemacht, dass Schizophrene meistens vernünftig reagieren, wenn man sich nur etwas auf ihre Wahnvorstellungen einlässt. Also schrie ich dem Konsul von unten zu: »Kein Problem, das mit dem Paket. Aber wie wäre es, wenn ich es Ihnen aufs Dach bringe?« Man konnte Konsul St. auf dem Dach zwar nicht direkt beim Überlegen zuhören. Er hörte aber damit auf, die Muttern abzuschrauben. Dann schrie er durch das Plexiglas zurück. »Gut, abgemacht. Aber keine Tricks.«

Ich nahm das Paket, öffnete ein Dachgaubenfenster und kletterte zu Konsul St. hoch aufs Dach. Der kam mir federnden Schrittes entgegen. Ich hatte ein bisschen Angst, dass er sich die Übergabe doch noch anders überlegen könnte. Was wäre, wenn ich mich in seinen Augen plötzlich auch in einen »CSU-Faschisten« verwandeln würde? Immerhin war dieses Haus fünf Stockwerke hoch, und nur ein kleiner Stoß würde genügen, um mich als Fett- und Blutfleck auf dem Asphalt enden zu lassen. Aber Konsul St. blieb friedlich. Er lächelte sogar ein bisschen, als er das Paket an sich nahm, und flippte auch nicht aus, als er merkte, dass ein Redakteur die Übergabe fotografierte. Dann fragte er etwas verlegen: »Du hast nicht vielleicht noch ein bisschen Geld für mich?«

Ich kramte in meinen Taschen und fand nur einen zerknüllten Bethelgeld-Schein. Den hatte ich wohl beim letzten Besuch bei meinen Eltern eingesteckt. Ich überreichte ihm den Lappen. »Bethelgeld«, schrie der Konsul begeistert. »Echtes Bethelgeld. Jetzt weiß ich endlich, wohin ich gehe.« Er bedankte sich, stieg rasch vom Dach und packte sein Paket in einen Einkaufswagen, den er auf dem Flur vor der Redaktion geparkt hatte. Dann fuhr er mit dem Fahrstuhl nach unten. Als er auf der Straße auftauchte, war ich gerade vom Dach gestiegen und sah aus einem Fenster. Mit seinem Einkaufswagen zuckelte der Konsul langsam davon, und nach ein paar Minuten verschwand er um die Ecke. In diesem Moment merkte ich, wie ich ein bisschen neidisch wurde.

Ein interessanter Irrer

Zum ersten Mal dagegen (13 Jahre)

WANN ES ANFING, weiß ich noch ziemlich genau. Ich war dreizehn und ich fuhr mit meiner Klasse ins Landschulheim nach Langeoog. Dort lernte ich in den Dünen filterlose Zigaretten rauchen und Bier trinken. Beides schmeckte mir auf Anhieb. Als ich wieder nach Hause kam, weigerte ich mich, mir die Haare schneiden zu lassen. Ich, der ich bis dahin sehr ordentlich gewesen war, räumte auch mein Zimmer nicht mehr auf. Und ich setzte noch einen drauf. Einmal, als ein Schulkamerad bei mir zu Besuch war, behauptete ich allen Ernstes, ich würde auch meine Topfpflanzen nicht mehr gießen. Das war zwar gelogen, denn ich habe in meinem Leben noch nie Blumen vertrocknen lassen können, doch in dieser Lüge offenbart sich meine damalige neue Auffassung vom Leben recht deutlich. Kurze Haare, aufgeräumtes Zimmer, Blumen gießen, das alles war in meinen Augen plötzlich Ausdruck einer angepassten Geisteshaltung. Ich aber hatte begonnen, mich diesem stumpfen Leben zu verweigern.

Warum fängt so was an? Angeblich liegt es an den Hormonen. Beginnt die Pubertät, dann produziert der Körper Unmengen von Verweigerungshormonen. Ob das stimmt? Wahrscheinlich wird man mit ca. zwölf bis vierzehn Jahren einfach nur klüger. Man weiß zwar noch nicht viel, aber wenigstens schon mal, dass es so, wie es ist, nicht sein soll.

Ich jedenfalls hörte von nun an nicht mehr auf, mich bestimmten Anforderungen, die das Leben, die Gesellschaft, der Staat oder wer auch immer an mich stellte, zu verweigern. Dabei legte ich Wert darauf, dass meine Form der Verweigerung nicht der von anderen glich. Aber vielleicht ist diese Behauptung zu hochgegriffen. Denn wahrscheinlich war doch alles eher ein Zufall.

Tatsache ist, dass ich anders als alle meine Freunde nicht den Wehrdienst verweigerte, sondern zur Bundeswehr ging. Ich verschwieg sogar bei der Musterung eine Krankheit, damit ich nicht untauglich geschrieben wurde. Und das nicht, weil ich mich für die Armee begeisterte oder den Wehrdienst als ein notwendiges Übel begriff. Im Gegenteil. Ich war keineswegs mit dieser Armee einverstanden.

Dass ich zum Bund ging, hatte, wie man noch sehen wird, schon etwas mit meinem Verweigerungsdrang zu tun, war aber zunächst einmal von Chinesen in Peking beschlossen worden. Das stimmt, so wie alles in diesem Bericht die lauterste Wahrheit ist. Damit man diese Geschichte aber verstehen kann, muß ich etwas ausholen.

Die Chinesen wurden in meiner Heimatstadt Bielefeld unter anderem von der KPD vertreten. Nicht von der alten Liebknecht/Luxemburg-KPD, die ist ja bis heute in Deutschland verboten. Sondern von einem kleinen Haufen, der von ehemaligen SDS-Studenten Anfang der siebziger Jahre gegründet worden war. Diese KPD zählte wie die KPD/ML (Marxisten/Leninisten) oder der KBW (Kommunistischer Bund Westdeutschland) zu den sogenannten K-Gruppen. Auch die letztgenannten Gruppen orientierten sich an den Ideen Mao Tse Tungs und der kommunistischen Partei Chinas. Aber in Bielefeld gab es nicht viele KBWler, und die KPD/ML war nur im Stadtteil Brackwede stark. Deshalb landete ich, der ich bei irgendeiner Gruppe dabei sein wollte, die entschieden was gegen diesen Staat unternahm, eben bei der KPD.

Das heißt, ich wurde mit Fünfzehn Mitglied der »Liga gegen den Imperialismus«, denn die KPD war eine sogenannte Kaderpartei, in die man erst nach harten Tests und Prüfungen eintreten konnte. Die »Liga« dagegen war eine von der eigentlichen Partei unabhängige sogenannte »Massenorganisation«, bei der jeder mitmachen durfte. Tatsächlich war der Verein aber ganz und gar abhängig von der KPD, und eine Massenorganisation war er mangels Masse natürlich auch nicht.

Nun ja, mit Verweigerung, so wie ich sie bisher praktiziert hatte, war es in der Liga nicht weit her. Im Büro der Ortsgruppe herrschte Gerda, eine graue, etwas fülligere Frau um die dreißig. Zu politischen Fragen äußerte sie sich kaum. Trotzdem meldete sie sich auf der wöchentlichen Ortsgruppensitzung jedesmal zu Wort. Dann meckerte Gerda über die Unordnung im Büro oder die schlecht geputzte Schaufensterscheibe. Wenn sich mal ein Arbeiter in unseren Schuppen verirre, falle der doch vor Schreck über den Schmutz gleich wieder aus der Tür. So schlimm sah es wirklich nicht aus, aber nach Gerdas Ansprache schauten die Genossen jedes mal schuldbewusst zu Boden und versprachen sich zu bessern. Am Ende war es aber doch Gerda, die aufräumte, den Boden schrubbte, das Fenster putzte oder Topfpflanzen hineinstellte. Ob das einem Arbeiter gefallen hätte, weiß allerdings bis heute niemand. So lange ich Liga-Mitglied war, hat sich keiner im Büro blicken lassen.

Angeführt wurde die lokale KPD nebst ihren vielen Zweigorganisationen von Sarah und Lars, einem Ehepaar. Die beiden Kader waren vom Dortmunder Zentralkomitee nach Bielefeld geschickt worden, um den ganzen Verein hier auf Vordermann zu bringen. Sarah und Lars hießen allerdings gar nicht so, diese Namen waren ihre konspirativen Partei- oder auch Kampfnamen. Wie Lars wirklicher Name lautete, habe ich vergessen, Sarah hieß jedenfalls im bürgerlichen Leben Edith. Geheiratet hatten beide, so hieß es, auf Befehl der Partei, die die Ansicht vertrat, verheiratete Kommunisten kämen bei der Arbeiterklasse besser an.

Wohl aus demselben Grund trug Lars gerne einen Trenchcoat, fassongeschnittene Haare und einen Schnäuzer. Wenn man ihn sah, glaubte man einen Versicherungsvertreter vor sich zu haben. Sarah war überaus hager und hatte ein energisch geschnittenes Gesicht. Weil sie bei öffentlichen Auftritten der Partei fast alle Reden hielt, ist mir ihre meist vor Aufregung zitternde Keifstimme besonders in Erinnerung geblieben. Auf einer Busfahrt zu einer der vielen KPD-Aufmärsche schnappte sich Sarah einmal das Busmikrofon und begann zu singen. Ein Arbeiterlied, in dem die Zeile »Rot bin ich geboren« vorkommt. Ich habe mich für die entsetzliche Stimme dieser Frau so geschämt, dass ich am liebsten unter meinen Sitz gekrochen wäre.

Als entschlossener Verweigerer machte ich natürlich auch bei der Liga nicht alles mit. Die Partei hätte es schon gerne gesehen, wenn ich mir einen massenfreundlicheren Haarschnitt zugelegt hätte. Lange Haare – und ich hatte wirklich verdammt lange Haare – waren Ausdruck kleinbürgerlicher Dekadenz. Ich aber weigerte mich beharrlich, mir eine larsähnliche Frisur verpassen zu lassen. Auf den vielen Busfahrten war es Gerda, die jedesmal ein striktes Rauchverbot verlangte. Mit einem Verweis auf Maos enormen Zigarettenkonsum brachte ich sie eben so oft zum Schweigen. Anschließend quarzte ich meine Selbstgedrehten besonders genüßlich. Auch die ersten beiden Zeilen der zweiten Strophe der »Internationale« sang ich nie mit. Die lauten: »Es rettet uns kein höh'res Wesen, kein Gott, kein Kaiser noch Tribun«. Das wollte ich nicht singen, weil ich es mir mit Gott nicht verderben wollte. Ich war nämlich nicht nur Kommunist, sondern obendrein noch Christ. Ich hatte es schon immer gerne etwas komplizierter.

Ohne weiteres ließ ich mich allerdings von Gerda, Lars und Sarah zum Bund schicken, denn dahinter steckten schließlich die Chinesen. Weshalb man damals in Peking wollte, dass deutsche Maoisten zur Bundeswehr gingen, ist heute nur noch schwer zu verstehen. In erster Linie lag es an den Russen. Nach Meinung der chinesischen Führung hatten die nicht nur den Sozialismus verraten, sondern nach Ende des Vietnamkriegs auch die Amis als die weltweit gefährlichsten Imperialisten abgelöst. Die Sowjetunion, so lautete die Botschaft aus China, wolle nunmehr Westeuropa erobern, zur Not auch mit Gewalt. Ein unmittelbar drohender Krieg könne nur verhindert werden, wenn sich die westeuropäischen Staaten mit China und den Staaten der Dritten Welt verbündeten. Zu diesem Zweck traf sich der altersschwache Mao in Peking sogar mit Franz Josef Strauß. Ich aber hatte zur Bundeswehr nach Boostedt bei Neumünster zu gehen, um dort, wie es hieß, »die weltweite Front gegen die imperialistischen Supermächte, ganz besonders aber gegen den Hauptfeind der Völker, die sozialimperialistische Sowjetunion, zu stärken«.

Meine Mission war aber nicht nur eine welthistorische, sondern auch eine äußerst vertrackte. Denn während die Chinesen und meine Partei einerseits von mir verlangten, die Verteidigungsbereitschaft der Bundeswehr gegen den Aggressor aus dem Osten zu erhöhen, sollte ich andererseits dieselbe Bundeswehr als zwar als nicht ganz so gefährliche, aber dennoch immer noch üble imperialistische Armee entlarven. Im Bürgerkriegsfalle zum Beispiel hätte ich die Offiziere erschießen müssen, um mich sodann selbst an die Spitze meiner Bundeswehreinheit zu setzen. Eine Vorstellung, die mir in der Theorie ganz gut gefiel. Aber in der Praxis hätte ich das wohl kaum fertiggebracht. Dafür bin ich zu friedfertig.

Das Ambivalente meines Parteiauftrags kam meinem Bedürfnis nach raffinierteren Verweigerungsstrategien entgegen. Während ein simpler ZDLer nur ein einziges

Mal den Dienst an der Waffe verweigerte, um dann Zivildienst zu leisten, musste ich von Fall zu Fall entscheiden, ob es erforderlich sei, die Kampfkraft der Bundeswehr zu stärken oder doch eher Zersetzungsarbeit zu leisten. Wenn auch die Wirklichkeit ein wenig anders aussah, so war ich doch von nun an fünfzehn Monate lang jeden Tag gefordert.

Von Anfang an war mir klar, dass ich das sogenannte feierliche Gelöbnis nicht ablegen würde. Normalerweise müssen das die neuen Rekruten am Ende der Grundausbildung während einer Zeremonie gemeinsam murmeln. Sie verpflichten sich damit, diesem Staat immer treu zu dienen und ihn tapfer zu verteidigen. Die Verweigerung des Gelöbnisses war KPD-Linie. Dies sei, so ließ das Zentralkomitee verlauten, ein ausgezeichnetes Mittel, um innerhalb der Bundeswehr für die Partei Propaganda zu machen. Die Kameraden sollten einen interessiert fragen, weshalb man das Gelöbnis ablehne. Das taten sie denn auch. Nachdem ich ihnen meine Gründe offenbart hatte, hielten sie mich für einen interessanten Irren.

Die Verweigerung des Gelöbnisses selbst ist kein großer Akt. Kein Bundeswehrsoldat ist verpflichtet, bei dem Zeremoniell mitzumachen. Trotzdem gibt es praktisch niemanden, der sich ihm entzieht. Die Ausnahme bilden die Soldaten, die sich erst bei der Bundeswehr entschließen, den Wehrdienst zu verweigern. Nach einem abgelegten Gelöbnis wäre ihr Verweigerungsantrag schwer zu begründen.

Als ich ein paar Tage vor der Gelöbniszeremonie zum Chef meiner Einheit ging, um ihn von meiner Absicht zu unterrichten, glaubte der deshalb, ich sei ein ganz normaler Kriegsdienstverweigerer. Ich erklärte ihm, dass das nicht so sei. Weshalb ich denn dann...? Ich grummelte, dass ich schon meine Gründe hätte. Den dummen Zugchef, der uns Soldaten gerne schikanierte, ratlos zurückzulassen, gab mir ein angenehmes Gefühl. Mulmig war mir trotzdem.

Später kapierten irgendwelche Leute beim Militärischen Abschirmdienst, dass ich ein Chinatreuer war. Ich wurde zu einem Verhör befohlen. Dabei versuchte es der Sicherheitsoffizier erst einmal mit Anbiederei. Im Großen und Ganzen seien sich doch die Bundeswehr und die Maoisten einig. Unser Feind sei doch der gleiche usw. usf. Dabei zeigte er auf seinen Schreibtisch, auf dem ein ganzer Batzen maoistischer Zeitungen lag. Es waren allerdings diverse Ausgaben des *Roten Morgen*, dem Zentralorgan unserer Konkurrenz von der KPD/ML. Hihi, falsch getippt, triumphierte ich innerlich.

Als der Offizier sah, dass er nichts ausrichten konnte, änderte er seine Taktik. Mit seinem Gesicht kam er meinem so nah, dass beide sich fast berührten. Dann schrie er mich mit aller Kraft an. Ich erschrak nicht schlecht. Gleichzeitig fand ich die Situation sehr komisch. Ich dachte, dass er das aus einem Spionagethriller hat und dass es tatsächlich nicht so übel wäre, diesen Mann zu erschießen.

In den siebziger Jahren haftete dem Militärischen noch etwas Asoziales an. Kein wehrpflichtiger Soldat wäre beispielsweise auf die Idee gekommen, in Uniform Zug zu fahren. Das ist heute anders. Auch die mit einigem militärischen Pomp verbundenen Gelöbnisfeiern veranstaltet man heute gerne in der Öffentlichkeit. Damals fanden sie nur in den Kasernen statt und fielen deutlich schlichter aus.

Genaueres kann ich dazu nicht sagen, denn ich bekam von der ganzen Zeremonie nichts mit. Am Tag des Gelöbnisses wurde ich zusammen mit einem Kameraden, der nachträglich verweigert hatte, in den Keller der Brigade abkommandiert. Dort mußten wir einen halben Tag lang Latten rot und weiß streichen. Die Latten wurden für die Hindernisse auf einem Springreitturnier der Offiziere gebraucht, das am nächsten Wochenende stattfinden sollte. Später erzählten mir meine Kameraden, dass bei den Gelöbnisfeierlichkeiten einige angetretene Rekruten einfach umgefallen waren. Das war nichts Ungewöhnliches, vor allem, wenn es sehr heiß war und sich beim stundenlangen Herumstehen die Hitze unter den Stahlhelmen der Soldaten staute. Wird einer während des Aufsagens der Gelöbnisformel ohnmächtig, gilt dies als gutes Omen. Wofür? Vielleicht für den Ausgang des nächsten Kriegs oder so was ähnliches.

Die Verweigerung des Gelöbnisses hatte aber auch einen schwerwiegenden Nachteil. So ist der Gelöbnisabstinente von der Beförderung ausgeschlossen. Ich blieb also fünfzehn Monate einfacher Soldat, während alle meine Kameraden nach einem halben Jahr automatisch zu Gefreiten und später sogar zu Ober- oder Hauptgefreiten ernannt wurden. Sie bekamen damit nicht nur ein bis drei Streifen mehr auf ihre Schulterklappen, sondern auch entschieden mehr Sold als ich. Das war der Hauptgrund, weshalb man mich für nicht ganz dicht hielt. Ich aber war stolz auf meinen Verzicht.

Es hieß auch, dass ein Gelöbnisverweigerer nach Abschluss der Grundausbildung nur schlimme Hilfsarbeiten aufgehalst bekäme. Mein Zugführer prophezeite mir regelmäßig, dass ich mich darauf freuen könne, ein Jahr lang nur Benzinkanister zu schleppen. Er sollte Unrecht haben. Ich war zum Materialnachweissoldaten ausgebildet worden und so bekam ich einen Posten, auf dem ich für die Ersatzteilbeschaffung und Materialversorgung eines ganzen Panzerspähzuges zuständig war. Ich hatte sogar mit geheimen Unterlagen zu tun, obwohl ich das als Gelöbnisverweigerer eigentlich nicht durfte. Weshalb, das kann ich mir bis heute nicht erklären. Ich vermute, dass man mich beim MAD einfach vergessen hatte. Vielleicht hatte man ja auch meine Akte vertauscht? Bei meinem häufig vorkommenden Nachnamen passiert so etwas öfter.

Über die Arbeit in meinem eigenen kleinen Büro konnte ich mich nicht beklagen. In das ging ich jeden Morgen, stellte den Kalender um und schlief dann mit dem Kopf auf dem Schreibtisch den Rausch vom Vorabend aus. Ärger gab's deswegen nie, weil ich ein sehr guter Materialnachweissoldat war. Ich ließ sogar das Fahrrad wieder in Ordnung bringen, das zur Standardausrüstung unseres Spähzuges gehörte, aber bis dato im Kasernenkeller vor sich hin gegammelt hatte. Das war wohl mein wichtigster Beitrag zur Stärkung der Kampfkraft der Bundeswehr. Und die fahrradbegeisterten Chinesen, so dachte ich, würden sich über die Reparatur sicherlich doppelt freuen. Tatsächlich träumte ich eines Nachts davon, wie mir Mao Tse Tung persönlich auf die Schulter klopfte. Doch das bilde ich mir heute wahrscheinlich nur ein. Wahr ist aber, dass ich für meine Arbeit vom Chef unserer Zuges eine sogenannte förmliche Anerkennung erhielt, verbunden mit zwei Tagen Sonderurlaub. Es gibt vermutlich nicht viele Gelöbnisverweigerer, denen so etwas bei der Bundeswehr widerfahren ist.

Nur an dem für jeden Soldaten obligatorischem Unterricht in »Innerer Führung und Recht« durfte ich nicht teilnehmen, weil ich dort ein paar Mal Reklame für die chinesische Volksbefreiungsarmee gemacht hatte. Von den wahren Verhältnissen in der chinesischen Armee hatte ich allerdings keinen Schimmer. Deshalb dachte ich mir einfach eine Armee aus, wie sie mir gefallen hätte. Ich behauptete zum Beispiel dreist, in der Volksbefreiungsarmee sei es üblich, über den Sinn und Zweck von Befehlen mit den Vorgesetzten zu diskutieren. Selbstverständlich war das Unfug. Zu meinem Pech hatte unser Zugführer wesentlich mehr Ahnung vom rotchinesischen Militärwesen, denn er war, bevor er zur Bundeswehr kam, Apo-Aktivist gewesen. So fiel es ihm nicht schwer, meine Behauptungen zu widerlegen. Trotzdem durfte ich beim Unterricht nicht mitmachen. Wahrscheinlich konnte ich meinen Unsinn sehr gut vertreten.

Mao starb in dem Jahr als ich bei der Bundeswehr war. Zu diesem Zeitpunkt war ich aber schon längst kein richtiger Maoist mehr. Nach der Grundausbildung hatte man mich nach Hamburg versetzt, wo ich dem Einfluß von Gerda, Lars und Sarah entzogen war. Das hatte zur Folge, dass ich eines Tages glaubte, Anarchist zu sein. Ich begann, mit einem schwarzen Edding das Anarchisten-A auf die Kacheln der Kasernenklos zu malen.

Schon anarchistisch angehaucht, konnte mich Maos Tod nicht mehr sonderlich erschüttern. Er war ja sowieso die letzten Jahre schwer hinfällig gewesen. Trotzdem trug ich zum Zeichen der Trauer ein paar Tage lang eine schwarze Binde mit einem roten Stern am rechten Arm. Natürlich nicht beim Bund, sondern nur an den Wochenenden über meinen zivilen Parka. Über die Schulter hinab schaute ich mir beim Gehen gerne diese Armbinde an und kam mir sehr revolutionär vor.

Dann kam der große Wettbewerb. Geplant war, auf dem Truppenübungsplatz Bergen-Hohne verschiedene Panzerspähzüge aus ganz Norddeutschland um die Wette spähen zu lassen. Der beste Zug sollte einen Pokal gewinnen. Auf den war unser Zugführer besonders scharf, weil er sich von dem Gewinn die Beförderung zum Hauptmann versprach. Vor uns Soldaten stritt er das allerdings heftig ab.

Wochenlang musste unser Zug von morgens bis abends für den Wettbewerb trainieren. Unter den Soldaten wuchs die Unzufriedenheit. Das wollten die paar Querulanten in der Einheit ausnutzen. Eine kleine oppositionelle Zelle wurde gegründet, bei der ich selbstverständlich dabei war. Wir schrieben Flugblätter, in denen wir dazu aufriefen, den Wettbewerb absichtlich zu verlieren, und verteilten sie heimlich unter den Soldaten.

Die Zelle bestand aus fünf Leuten und traf sich außerhalb der Kaserne in einem Hamburger Jugendzentrum. Dort besprachen wir unser weiteres Vorgehen. Ich wurde dazu bestimmt, den Widerstand des Innendienstes zu koordinieren. Lange übte ich diese Funktion nicht aus. Schon am nächsten Tag wurden alle Zellenmitglieder zum Zugchef ins Büro befohlen. Jeder musste einzeln hinein. Der Chef zeigte sich über unsere Absichten bestens informiert. Fast wörtlich erzählte er mir, was wir am Abend zuvor besprochen hatten. Einer von uns fünf hatte alles verraten.

Unser Anführer, ein Kommunist vom KBW, kam für eine Woche in Arrest; in seinem Spind hatte man die Flugblätter gefunden. Wir anderen wurden mit Ausgangssperren bestraft. Der Verräter war schnell ermittelt. Da er aus schwierigen sozialen Verhältnissen kam, verziehen wir ihm. Unser Zugchef versprach dann dem ganzen Zug zwei Fässer Bier, wenn er nicht uns Aufrührern, sondern ihm folgen und sich beim Wettbewerb ordentlich ins Zeug legen würde. Er hatte damit Erfolg. Unser Zug gewann den begehrten »Freiherr-von-Boeselager«-Pokal. Zwei Wochen später wurde unser Chef zum Hauptmann befördert.

Schließlich landete auch ich noch im Bau. Nur zwei Tage vor Ablauf meiner Dienstzeit hatte ich zusammen mit ein paar Kameraden unsere Entlassung vorgefeiert, das heißt, wir hatten uns betrunken. Im Suff kamen wir auf die Idee, eine Deutschlandfahne aus dem Flur einer anderen Einheit zu stehlen. Als sie in unserem Besitz war, riss ich von der Fahne den gelben Streifen ab. So wurde kurzerhand aus der Deutschlandfahne die schwarzrote Fahne der spanischen Anarcho-Syndikalisten. Ich nahm die Fahne in die Hand und stapfte damit über den langen Flur unserer Unterkunft. Zehn meiner betrunkenen Kameraden folgten mir. Ich begann zu singen: »Viva, viva Anarchia!«, keine Ahnung nach welcher Melodie. Die anderen Besoffenen sangen begeistert mit.

So marschierte unser grotesker Haufen den Flur auf und ab, bis ich irgendwann das Gefühl hatte, dass es genug sei. Um keine Beweise für unseren Frevel zu hinterlassen, schlug ich vor, die geschändete Fahne zu vernichten. Die hölzerne Fahnenstange wurde zerbrochen und ihre Teile aus dem Fenster geschmissen. Während ich das Ton-Steine-Scherben-Stück »Macht kaputt, was euch kaputt macht« auflegte, zündete jemand den Stoff der Fahne an. Auch er flog brennend auf den Kasernenhof.

Kurze Zeit später wurden wir vom diensthabenden Unteroffizier einer anderen Einheit geschnappt. Zwei Tage später verurteilte das Truppendienstgericht drei von uns ohne Anhörung zu zehn Tagen Arrest im Kasernengefängnis, mich eingeschlossen. Unser Zugchef hätte zumindest mich am liebsten vor ein ziviles Gericht gestellt, weil er meinte, bei meinem Hintergrund sei die Geschichte mit der Fahne eindeutig politisch motiviert gewesen. Dann hätte ich eine härtere Strafe bekommen und wäre obendrein noch vorbestraft gewesen. Doch die vorgesetzte Dienststelle wollte davon nichts wissen. Man war nicht daran interessiert, dass Bundeswehrgeschichten wie diese an die Öffentlichkeit drangen.

Als ich nach Verbüßung meines Arrests dann doch aus der Bundeswehr entlassen wurde, war ich mit meiner Zeit dort recht zufrieden. Die Russen hatten es nicht gewagt, die Bundesrepublik anzugreifen, das Fahrrad des Panzerspähzugs 170 fuhr wieder und den eher schlichten Maoismus hatte ich mir peu à peu auch abgewöhnt. Dafür hatte ich eine Menge gelernt. Gilt die Bundeswehr für gewöhnlich als Schule der Nation, die bloß angepaßte Untertanen hervorbringt, erfuhr ich hier eine wirkliche Grundausbildung in Renitenz und Querulanz. Die Entscheidung nicht mitzumachen, war aber schon vorher gefallen. Und schuld daran war nicht die Bundeswehr, sondern, wie sich das für eine Jugend in Deutschland gehört, die Polizei.

Erziehung zum Schlunz

Die erste anständige Tracht Prügel
(17 Jahre)

AM ANFANG DES LEBENS stehen jedem Menschen unendlich viele Möglichkeiten offen. Man kann Priester werden oder Terrorist, Lebensmittelfachverkäufer oder Logopäde, Geheimagent oder Fleischbeschauer, Mathematiker oder Popstar, Puppenspieler oder Pornodarsteller. Mit den Jahren reduzieren sich die Möglichkeiten. Kommt einem der Glaube an Gott abhanden, taugt man kaum zum Priester. Der Mann, der feststellt, dass er an Ejaculatio praecox leidet, sollte sich nicht für das harte Pornohandwerk entscheiden. Und hat man auf dem Weg zur Logopädenprüfung dem Logopädenprüfer vom Fahrrad aus den Stinkefinger gezeigt, wird man wahrscheinlich auch kein Logopäde. So sind die unendlich vielen Möglichkeiten wie Türen, die sich eine nach der anderen schließen. Und ganz zum Schluss gibt es nur noch eine Wahl: Die zwischen Grab und Urne.

Die Türen sind allerdings nicht gleich wichtig, und wenn man sich anstrengt (z.B. in der Online-Apotheke Ständertropfen bestellt), bekommt man sogar manchmal eine wieder aufgestemmt, die sich gerade mit einem fetten Rumms geschlossen hatte. Doch dann gibt es auch welche, die sind massiv und schwer wie die von Panzerschränken; man geht einmal hindurch, dann wird fest abgeschlossen und es führt kein Weg mehr zurück. Solch eine Tür passierte ich an einem Juni- oder Juliwochende im Jahr 1974.

Es begann am berühmten Bielefelder Spindelbrunnen. Hier stand ich an einem Samstagmittag einmal mehr mit langen, leicht verfetteten Haaren in meiner grünen Parkajacke herum, zusammen mit ein paar Leuten von der »Liga gegen den Imperialismus«. Wir verteilten Flugblätter gegen die Apartheidspolitik in Südafrika. Wahrscheinlich wurde darin zur Solidarität mit einem gewissen Nelson Mandela aufgerufen. Dieser Mann galt den meisten Politikern im damaligen Westdeutschland als gefährlicher kommunistischer Terrorist, weswegen er auch zu Recht auf Robben Island eingekerkert war. Erst viel später wurde Mandela dann zum großen Friedensteddy, dem sogar die *Bild*-Zeitung was abgewinnen konnte. Damals hielten nur ein paar Leute zu ihm: Wir zum Beispiel von der Liga. Ein paar Meter von uns entfernt waren die Leute von der KPD/ML versammelt. Sie wedelten mit ihrer roten Fahne, auf der in einem gelben Stern ein Hammer, eine Sichel und ein Gewehr abgebildet waren, und ihr Chefagitator rief durchs Megaphon ein paar Parolen.

Die MLer waren Maoisten so wie wir. Trotzdem verstand man sich nur begrenzt. Sie waren nicht so schlimm wie die moskautreuen Kommunisten von der DKP, die wir nur »Revis« nannten. Befreundet waren wir aber auch nicht gerade. Deshalb kümmerten wir uns auch erst mal nicht weiter um die kleine Kundgebung, die sie da neben uns veranstalteten. Das änderte sich erst in dem Moment, als wie aus dem Nichts ein paar Polizisten aufkreuzten. Sie schnappten sich den Mann mit dem Megaphon und begannen ihn wegzuzerren. Sofort rannten wir zum Ort des Geschehens, um den MLern beizustehen. Wir konnten sie zwar nicht leiden, aber letztlich waren sie doch auch Genossen. Und die ließ man nicht im Regen stehen.

Die Polizisten aber waren schneller. Als wir angekommen waren, hatten sie den Agitator schon in eine Grüne Minna gesperrt und waren mit ihm davon gefahren. Von den zurückgebliebenen MLern erfuhren wir den Grund für die Festnahme: Der Redner hatte zum Tod von Günter Routhier gesprochen. Auf dem Boden lagen Flugblätter, auf denen stand, worum es bei der Kundgebung gegangen war: »Günter Routhier von der Polizei ermordet!« Klar, dass die Polizei da kein großes Federlesen machte. Jeder, der das damals sagte, bekam Ärger.

Dabei gab es schon ein paar Argumente, die dafür sprachen, dass die Behauptung nicht ganz falsch war. Günter Routhier, ein 45-jähriger Frührentner und Sympathisant der KPD/ML, war am 18. Juni 1974 gestorben. Zwei Wochen vorher hatte er in Duisburg einen Arbeitsgerichtsprozess gegen einen anderen MLer besucht. Dabei war es am Ende der Gerichtsverhandlung zu Tumulten gekommen. Der Gerichtssaal wurde geräumt, und wie üblich waren die eingesetzten Polizisten dabei nicht zimperlich. Sie prügelten und traten, einer griff sich den schmächtigen Routhier und schleuderte ihn durch die Stuhlreihen. Allerdings wusste der Polizist nicht, dass der Rentner ein kranker Mann war. »Mein Vater ist Bluter«, schrie ihm deshalb Routhiers Sohn zu. Der prügelnde Polizist gab sich unbeeindruckt: »Wer Bluter ist, bestimmen wir.« Dann schleppten zwei Polizisten den bereits angeschlagenen Mann aus dem Saal, einer gab ihm im Treppenhaus einen Stoß und Günter Routhier stürzte die Treppe hinunter. Dabei schlug er mit dem Kopf mehrmals auf und blieb schließlich am Fuß der Treppe bewusstlos liegen. Das berichteten jedenfalls die Zeugen später.

Von diesem Sturz sollte sich Routhier nicht mehr erholen. Tagelang klagte er über Schmerzen, bis er eine Woche später in ein nahegelegenes Krankenhaus ging. Von dort wurde er in die Universitätsklinik Essen verlegt, wo er vier Tage später an einer Gehirnblutung starb. Danach wurde erst einmal gelogen und vertuscht. Die Polizisten behaupteten, Routhier kein Haar gekrümmt zu haben, und ein Gutachter erklärte, die Gehirnblutung sei keineswegs auf äußere Gewaltanwendung zurückzuführen. Erst 1981, sieben Jahre später, kam bei einem Prozess in Münster ein zweites Gutachten ans Licht, das über all die Jahre verschwunden gewesen war. Darin erklärt der damalige Direktor des Gerichtsmedizinischen Instituts Berlin, Professor Krauland: »Es gibt keinen Zweifel an der gewaltsamen Ursache des Todes von Günter Routhier, und als Tatzeit kommt aufgrund der erhobenen Befunde der 5. 6. 74 infrage.«

Natürlich war das kein Mord, sondern juristisch allenfalls Totschlag, eventuell auch gefährliche Körperverletzung mit Todesfolge. Doch erkläre das mal einer einem siebzehnjährigen Gymnasiasten. Mir kochte schon das Blut in den Adern, wenn ein Lehrer einen Mitschüler zu Unrecht ins Klassenbuch eintrug. Für mich war Günter Routhier ganz klar ermordet worden; schließlich wussten die Polizisten, dass er Bluter war. Viele andere Linke waren der gleichen Meinung. Aber jeder, der diese Behauptung öffentlich äußerte, wurde von der Justiz verfolgt. Insgesamt wurde damals in mehr als tausend sogenannten Routhier-Prozessen Anklage erhoben, die fast alle mit einer Verurteilung endeten. Gegen die für die Tötung Routhiers verantwortlichen Polizisten kam es dagegen noch nicht einmal zum Prozess.

Dass die Polizei einfach einen Menschen totschlagen konnte und man danach noch nicht einmal darüber reden durfte, empörte mich. »Hier ist es genauso schlimm wie in der DDR«, schleuderte ich den reaktionären Rentnern entgegen, die sich an der Festnahme des KPD/ML-Redners ergötzten. Die Rentner bildeten regelmäßig Trauben um die Büchertische der verschiedenen kommunistischen Gruppen, die jeden Samstag in der Fußgängerzone aufgebaut waren. Sie verkündeten uns auch unisono, wir »Drecksäcke« sollten doch nach »drüben« gehen oder besser noch »ins Gas«. Natürlich hatte es keinen Sinn, diesen Mob von irgendetwas zu überzeugen. Aber jung und feurig, wie ich war, versuchte ich es trotzdem: »Wir haben mit der DDR nichts zu tun. Das da drüben ist doch gar kein Sozialismus.« Die Rentner hörten gar nicht hin. Sie schrien weiter, dass wir alle »Russen« seien und wir uns »was schämen« sollten.

Ich schrie zurück, und so war es eigentlich wie jeden Samstag, nur dass ich wegen des totgeschlagenen Rentners noch etwas aufgebrachter war. Aber dann tauchten die Polizisten wieder auf und stürzten sich ins Getümmel. Das war der Moment, in dem ein Rentner mit dem Finger auf mich zeigte. Eben hatte er mir noch ins Gesicht gegiftet, jetzt rief er den Uniformierten zu: »Der hier. Das ist der grösste Schreier.« Die Polizisten ließen sich das nicht zwei Mal sagen und griffen mich. Erst war ich nur verblüfft, doch dann verstand ich: Der Rentner, der mich denunziert hatte, war überhaupt gar keiner. Er war ein Ziviler. Die Polizisten zerrten mich zu ihrem Streifenwagen. Hier stopften sie mich auf die Rückbank, setzten sich nach vorne und fuhren los. Ich fühlte mich mit einem Mal sehr allein. »Was habe ich denn gemacht?«, fragte ich verunsichert. Die beiden Polizisten schwiegen. Das machte mich schon wieder etwas mutiger. »Ich habe doch nur meine Meinung gesagt. Das ist ja wohl nicht strafbar.« »Schnauze«, zischte da der Polizist, der am Steuer saß. »Du wirst deine Meinung gleich noch sagen können. Wart's nur ab.«

Ein paar Minuten später bog der Wagen auf den abgesperrten Hof des Bielefelder Polizeipräsidiums ein. Der Fahrer parkte sehr weit hinten, wo uns keiner von der Strasse aus sehen konnte. Dann öffnete er die Wagentür und zerrte mich von der Rückbank. Kaum stand ich, prasselten Schläge auf mich ein, links und rechts ins Gesicht, ein Trommelfeuer von Backpfeifen. Dabei schrie der Polizist: »Los, Mann, sag deine Meinung. Los, sag schon. Deine Meinung.« Er machte eine kleine Pause, holte Luft und weiter ging's: »Los. Deine Meinung. Ich bin ganz

Ohr.« Ich war so überrascht, dass ich trotz der Wucht der Schläge nichts spürte, keinen Schmerz, nur wie mir der Harn in die Schwanzspitze rutschte. »Nur nicht in die Hose machen«, dachte ich, »das wär das Letzte. Du darfst zusammensacken, aber dir nicht in die Hose machen. Den Triumph gönnst du ihnen nicht.« Bei diesem Gedanken sah ich zur Seite. Hier stand der zweite Polizist. Er sah nur zu, ganz ruhig, fast gelangweilt. »Warum greift der Typ nicht ein«, dachte ich, »das ist doch ein Polizist. Der muss mir doch helfen. Wieso tut er das denn nicht?«

Nicht eine Sekunde dachte ich daran, mich zu wehren. Ich hielt noch nicht einmal meinen Arm schützend vors Gesicht. Ich hatte mich zum letzten Mal als Kind mit anderen Kindern geschlagen, die alle ungefähr gleich stark waren. Doch dieser Polizist hier war viel kräftiger als ich. Ich dachte, ich mache ihn nur wütender, wenn ich mich auch nur ein bisschen rühre, und dann ergeht es mir wirklich schlecht. Ich ließ die Schläge also über mich ergehen, wie jemand, der auf einem freien Feld von einem Gewitter überrascht wird und kein Unterstand ist in der Nähe. Und wie in einem Gewitter dachte ich nur an eins: Wann hört das hier denn endlich wieder auf?

Es endete tatsächlich so überraschend, wie es begonnen hatte. Und setzte dann noch einmal genauso plötzlich wieder ein. Zuvor waren wir drei ein paar Meter über den Hof gegangen bis zu einer Tür, durch die man das Polizeipräsidium von hinten betreten konnte. Die beiden Polizisten drängten mich durch den Eingang und eine Minute später standen wir auf einem Absatz, von dem eine kleine Betontreppe hinabführte. Ich sah gerade noch, dass sie fünf oder sechs Stufen hatte, da gab mir der Schläger schon einen Stoß. Als ich fiel, griff er noch mal nach mir, wie einer, der einen Impuls bereut. Er bekam nur noch den Ärmel der Parkajacke zu fassen. Der Ärmel riss halb ab, der Schläger ließ wieder los und jetzt flog ich endgültig die Stufen hinab. Ich knallte auf den Boden und dachte: »Das war's«. Hinter mir versperrte eine geschlossene Stahltür den Weg, neben mir waren zwei weiße Wände, in die man nur ganz oben zwei schmale Fensterreihen eingelassen hatte. Vor mir war die Treppe, auf der die beiden Polizisten standen und spöttisch auf mich heruntersahen. »Jetzt schlagen sie dich tot«, war mein letzter Gedanke, »genauso wie diesen Mann aus Duisburg. Hier kommst du nicht mehr raus.«

Ich weiß nicht, was dann passierte. Ich weiß nur, dass ich nicht mehr geschlagen wurde und mich deshalb ein Gefühl großer Verwunderung überkam. Einer der Polizisten zog mich hoch, es öffnete sich die Stahltür und wir standen auf einem langen Flur, auf dem einige Polizeibeamte in Zivil herumwuselten. Schlagartig ließ mich der Schläger in Ruhe und tat so, als sei nichts geschehen. Ich wurde zu einem Büro des vierzehnten Kommissariats gebracht, der politischen Polizei. Hinter dem Schreibtisch saß ein Kommissar, kuckte mich gelangweilt an und sah dann wieder in seine Papiere. Ich protestierte sofort: »Ich bin gerade geschlagen worden. Draußen auf dem Parkplatz. Ich verlange, dass das zu Protokoll genommen wird.« Der Kommissar sah kurz auf und sagte ohne Regung: »Gibt's nich. Bei uns wird keiner geschlagen. Das kommt nicht vor.« Es nützte auch nichts, dass ich meine zerrissene Parkajacke vorzeigte. »Es gibt hier keine Kollegen, die schlagen«, wiederholte der Kommissar, jetzt deutlich ungehaltener. Dann nahm er meine Personalien auf und stellte mir ein paar Fragen nach den Organisatoren der Kundgebung. Natürlich gab ich ihm keine Antwort. Nach einer halben Stunde entließ er mich, nicht ohne mir einzuschärfen, ich solle den Unsinn mit den Schlägen nicht weiter verbreiten. »Und Sie gehen auch nicht dahin zurück, wo wir sie aufgegriffen haben. Sie gehen schön nach Hause! Sonst wird das Konsequenzen haben.«

Natürlich hielt ich mich nicht an die Anweisung. Vom Spindelbrunnen brachte mich einer meiner Genossen zum Notarzt. Bielefeld ist nicht allzu groß, und so war der

Arzt zufälligerweise der Vater eines Klassenkameraden. Er kannte mich und war schockiert, als er bei der Untersuchung feststellte, dass mir der prügelnde Polizist mit seinen Backpfeifen das Trommelfell im linken Ohr eingeschlagen hatte. Ich hatte mir schon so etwas gedacht, denn wenn ich die Nasenflügel mit den Fingern zudrückte und Druck auf die Ohren machte, entwich durchs Ohr die Luft mit einem leichten Zischen. Nachdem mir aber der Arzt erklärt hatte, dass in meinem Alter ein Trommelfell in ein paar Wochen heilt, fand ich diese physische Verletzung nicht allzu schlimm.

Viel mehr machten mir die Vorgänge nach dem Prügelzwischenfall zu schaffen. Natürlich wollte ich, dass die ganze Stadt erfuhr, was mir passiert war. Also setzte ich mich zu Hause an meinen kunststofffurnierten Schülerschreibtisch und schrieb einen langen Leserbrief an die *Neue Westfälische*, die größte Zeitung in der Stadt. Sie hatte mit ein paar dürren Zeilen aus dem Polizeibericht über den Zwischenfall am Spindelbrunnen berichtet. Meine Festnahme allerdings kam in dem Artikel nicht vor. Deshalb schilderte ich in meinem Brief ausführlich, was mir zugestoßen war. Nach ein paar Tagen bekam ich eine Antwort. Man dankte mir für mein Schreiben mit freundlichen Floskeln, teilte mir aber gleichzeitig mit, dass man den Leserbrief nicht abzudrucken gedenke: »Es tut uns leid. Aber für uns ist die Berichterstattung zu diesem Vorfall abgeschlossen.«

Mein junger Kopf konnte diese Antwort nicht fassen. Stand jedem Ereignis nur ein bestimmter Platz auf den Zeitungsseiten zu, und wenn der verbraucht war, wurde nicht mehr darüber geschrieben? Ich fragte auch meine Eltern, was das denn für ein Land sei, in dem Polizeibeamte einem Schüler das Trommelfell zerschlagen konnten, und keinen kümmerte es? Die Eltern, die mir sonst politisch gerne Kontra gaben, waren ratlos. Dann fiel meiner Mutter ein entfernter Onkel ein, der als Vertreter einer Partei oder gesellschaftlichen Organisation im Polizeibeirat der Stadt saß. Ihm berichtete ich meinen Fall und teilte ihm auch meinen Entschluss mit, den Prügelpolizisten wegen Körperverletzung anzuzeigen. Tatsächlich trug der Onkel meinen Fall auf einer Beiratssitzung vor und drei Wochen später wurden ich und meine Mutter ins Polizeipräsidium geladen. Hier erklärte uns ein höchst jovialer Kommissar, ich könnte gerne Anzeige gegen den Polizisten stellen. »In diesem Fall«, sagte der Kommissar und lächelte sanft, »stellt allerdings auch unser Mann Anzeige gegen Sie wegen Widerstand gegen die Staatsgewalt.« »Ich habe aber überhaupt keinen Widerstand geleistet.« »Das sagen Sie«, sagte der Kommissar. »Doch der andere ist erstens Polizist und hat zweitens einen Zeugen.« In diesem Moment verstand ich, dass ich verloren hatte. Ich würde niemals Recht bekommen. Und würde ich es versuchen, würde ich für diese Dummheit mit viel Geld oder sogar einer Bewährungsstrafe bezahlen müssen.

Aber das war nicht alles, was ich in diesen Tagen begriff. Bis dahin war ich zwar ein kleiner, radikaler Maoist gewesen. Aber zugleich war ich auch erst siebzehn Jahre alt. Das hieß, der Radikalismus würde sich bald geben. Schließlich hatte ich noch zwei Jahre vor dem Prügelzwischenfall im Gemeinschaftskundeunterricht ein langes Referat gehalten, in dem ich Willy Brandt und die SPD gepriesen hatte. Und wochenlang war ich mit einem »Willy wählen«-Button zur Schule gegangen. Die Zeichen standen also mehr als gut, dass ich bald reumütig in den Schoß der Gesellschaft zurückkehren würde. Irgendwann Ende der Achtziger wäre ich dann Pressereferent eines Staatssekretärs in einem Landesumweltministerium geworden und hätte mein Leben damit zugebracht, seitenlange Presseerklärungen zum Thema Biogasanlagen und Streuobstwiesen zu verfassen. Nach dieser Watschenkur ging das nicht mehr. Ich konnte unmöglich zurück zu denen, die mit Schlägen argumentierten. Ich konnte auch kein Redakteur bei der *Neuen Westfälischen* mehr werden oder einer ihrer Reporter. Ich hätte immer daran denken müssen, dass ich bei einem Blatt arbeite, das nur die halbe Wahrheit schreibt. Und weil die *NW* kaum anders war als die meisten Zeitungen im Land, konnte ich auch nicht zu denen.

Und so beraubte jedes Stück Dresche, das ich damals bekam, mich einer Menge potentieller Lebenswege. Patsch. Du wirst niemals SPD wählen. Und, pitsch, auch eine Stelle bei der Friedrich-Ebert-Stiftung kommt für dich nicht mehr in Frage. Patsch. Du sollst auch kein Lehrer im Staatsdienst werden, und eigentlich, patsch, auch kein Beamter. Du wirst kein Staatsanwalt, patsch, und kein Richter, patsch, kein U-Bahn-Kontrolleur, oder, patsch, patsch, kein Gerichtsvollzieher. Du sollst auch, patsch, den Beruf des Politmagazinmoderators nicht ausüben, und weil wir gerade, patsch, dabei sind, fallen für dich, patsch, auch Berufe wie Immobilienmakler, patsch, Werber oder, pitsch, launiger Radio-DJ flach. Denn siehe, pitsch patsch, die Berufe sind alle nicht für dich gemacht, patsch, so wahr ich dir noch eine klebe.

Als der Polizist fertig war mit Prügeln, waren ein paar Hundert Lebenspanzerschranktüren in Schloss gefallen und mir ein ganzer Haufen lukrativer Karrieren für ewig versperrt. Eigentlich blieb kaum noch ein richtiger Beruf übrig. Arzt oder Wissenschaftler wären Möglichkeiten gewesen, Musiker oder Filmemacher. Aber dafür war ich entweder zu faul oder nicht begabt genug. Also wurde ich ein Schlunz. Als solcher verdiene ich zwar kein Geld, brauche aber nicht bei Vorgesetzten schleimen und kann jedem sagen, was ich will. Ich stehe morgens auf, wann es mir passt, und muss kein Kapitel meiner Vergangenheit verschweigen. Ich wohne auf verschiedenen Kontinenten, und wenn mir danach ist, durchquere ich Wüsten oder liege wochenlang an fernen hellen Stränden. Und ab und zu werde ich sogar von jungen hübschen Frauen um ein Autogramm gebeten. Dieses Leben, das viel besser ist als das eines Staatssekretärs oder seines Referenten, habe ich dem Prügelpolizisten zu verdanken. Deshalb bin ich dem Mann bis heute dankbar und denke gern an den Moment zurück, als er mir den gründlichsten Schnellkurs in deutscher Staatsbürgerkunde erteilte, den man sich denken kann. Halten Sie also bitte an dieser Stelle mit ihrer Lektüre für eine Minute inne, stehen Sie kurz auf und verneigen Sie sich mit mir vor diesem großen, bis heute leider unbekannten Pädagogen.

Auf der anderen Seite

Zum ersten Mal auf Drogen
(14 oder 15 Jahre)

SCHON SEHR FRÜH HATTE ICH DEN EHRGEIZ, alle Drogen dieser Welt auszuprobieren. Bis auf Heroin. Davor hatte ich Respekt, denn mir war klar, daran könnte ich mich gewöhnen. Aber sonst alles. Opium, Koks, Psillos, LSD, Mescalin und alle Drogen, die noch erfunden werden sollten. Diesen Ehrgeiz teilte ich mit vielen meiner Freunde. Wir wollten auf die »andere Seite« durchstoßen, koste was es wolle. Von der anderen Seite war damals viel die Rede. Wir hatten keine rechte Vorstellung, was da sein sollte. Auf jeden Fall war es besser dort.

Mir war auch klar: Um mit den ganzen Drogen, die es gibt, in einem Leben durchzukommen, musste ich mit dem Testen früh beginnen. Als sich die erste Gelegenheit dazu bot, ergriff ich sie beim Schopf. Ich war vierzehn oder fünfzehn, und in Amsterdam auf einer Freizeit mit der evangelischen Gemeindejugend. Unsere Gruppe wohnte in einem Jugendhotel am Achterburgwal, direkt am Eingang zum Rotlichtviertel. Hier setzte ich mich nach einem Tag angefüllt mit Anne-Frank-Haus, Rijks- und Van-Gogh-Museum zu drei langhaarigen Kanadiern, die in der Mitte des Tisches einen kleinen grünbraunen Klumpen liegen hatten. Erst wusste ich nicht, worum es sich handelte. Ich dachte damals noch, Haschisch röche nach Patschuli, weil es überall dort, wo sich Hippies rumtrieben, nach Patschuli stank. Der Klumpen aber roch anders. Als dann ein Kanadier begann, das Zeugs auf dem Tisch in einen Joint zu bröseln, begriff ich: Das muss diese tolle Droge sein, von der ich schon so viel gelesen hatte. Natürlich musste ich die rauchen. Die Kanadier, etwas roh geratene Burschen, ließen mich auch ohne zu Zögern ziehen. Keine fünf Minuten später taten sich mir die Pforten der Wahrnehmung auf. Sperrangelweit. Alles, was die Kanadier sagten, war plötzlich extrem lustig, so weit ich es verstand. Das war nicht viel, denn meine alten Nazilehrer hatten mir kaum Englisch beigebracht. Wahrscheinlich wollten sie insgeheim gar nicht, dass wir die Sprache der Besatzer lernten. Und das bisschen Englisch, das ich noch eben gerade konnte, flog mit jeder Rauchwolke, die ich ausstieß, zum Fenster raus. Ich lachte und ächzte halb belustigt, halb verzweifelt: »Scheiße, Scheiße, Scheiße«. »Schaise, Schaise, Schaise«, echoten die Kanadier, und lachten auch.

So ging es eine Weile, bis die drei Burschen erklärten, sie wollten mich das Englisch, dessen ich gerade verlustig gegangen war, wieder lehren. Sie ließen mich ein paar Sätze memorieren und schickten mich dann los, um sie bei der blonden Barfrau auszuprobieren. Die lachte sich kaputt: »Wärst du kein Kind, würde ich dir jetzt eine knallen. Wer hat dir das beigebracht?« Ich kuckte mich um, aber da waren die drei Typen schon verschwunden. »Was habe ich denn gesagt?«, wollte ich wissen. Die Blonde weigerte sich, mich aufzuklären.

Ich ärgerte mich, weil sie mich Kind genannt hatte, und setzte mich allein an einen Tisch. Meine Augen folgten den Reflektionen der Discokugel an der schwarzen Wand. Bald kam es mir so vor, als ob sich nicht die Kugel drehte, sondern die ganze Hotelkneipe um die Kugel. Dabei tobte in mir ein Gedankensturm, wie noch nie zuvor in meinem kurzen Leben. Draußen wurde es langsam dunkel und plötzlich saß Magdalene an meinem Tisch.

Sie gehörte zu den Mädchen in unserer Jugendgruppe und ich mochte sie ein wenig. Natürlich wusste sie das nicht. Ich hätte den Teufel getan, ihr das auch nur andeutungsweise zu sagen.

Nun aber, nachdem ich vom Baum der Erkenntnis geraucht hatte, war das kein Problem mehr. Ich starrte ihr direkt in die Augen, minutenlang. Das war mir ohne Drogen bisher höchstens für einen Sekundenbruchteil geglückt, dann hatte ich die Augen niedergeschlagen. Jetzt machte mich das Haschisch unbesiegbar. Magdalene aber fand mich komisch. Sie fragte, was mit mir los sei. »Ich«, sagte ich stolz und weil ich den Unterschied zwischen Hasch und Gras noch nicht kannte, »habe Marihuana geraucht.« Allerdings brachte ich das vertrackte Fremdwort nicht mehr heraus, sondern zerlegte es in seine Teile: »Maa Rie Hu Aaanaa«. Magdalene verstand nicht, und ich wiederholte: »Maa Rie Hu Aaanaa. Maa Rie Hu Aaanaa. Maaaa...« Als sie dann irgendwann begriff, bewunderte sie mich keineswegs für meinen gewagten Einsatz. Sie fragte nur, was diese Droge denn so mache. »Toll«, antwortete ich zusammenhanglos, »es ist unglaublich toll hier, wo ich gerade bin.«

Magdalene blieb skeptisch, wie ja überhaupt das weibliche Geschlecht weniger leicht für das Drogennehmen zu begeistern ist. Wahrscheinlich geht es den meisten Frauen einfach so gut, dass für sie nichts besser werden muss. Oder es ist halt was Biologisches. Es wurde jedenfalls trotz des Haschischs nichts aus Magdalene und mir.

Das machte nichts. Ich hatte ja jetzt die neue Droge: Und das Kiffen gefiel mir auch die nächsten Male außerordentlich gut. Es war sogar noch viel besser als der erste Alkoholvollrausch, der mich ein Jahr zuvor ereilt hatte. Auch da war ich mit der evangelischen Gemeindejugend unterwegs, und wenn ich nicht den ganzen Wein, das Bier und den Schnaps sofort wieder ausgekotzt hätte, wäre es eventuell auch mein letzter Ausflug gewesen. Deshalb empfehle ich heute allen Eltern, die sich Sorgen darum machen, dass ihre pubertierenden Kinder Alkohol trinken oder Drogen nehmen könnten: Halten sie ihre Blagen von der evangelischen Gemeindejugend fern! Wer aber seinen Kindern eine anständige Drogenerziehung angedeihen lassen will, der ist bei diesem Verein genau richtig.

Nur muss sich der junge Mensch auch irgendwann von diesen Strukturen emanzipieren, um seine Drogenkarriere selbst in die Hand zu nehmen. Die verlief bei mir in Schüben. Stieß ich auf eine neue Droge, probierte ich sie eine Zeit lang aus. Entdeckte ich dann eine andere, blendete die neue Droge die alte langsam aus. Dabei musste ich mir nie eine Droge entziehen, sondern alles passierte auf ganz natürliche Weise: Ein bestimmter Dealer war einfach nicht mehr greifbar, also ließ ich das Speed bleiben und wendete mich wieder dem Kiffen zu. Oder ich zog in eine andere Stadt, und dort gab es außer Alkohol gar keine Drogen. Auch das war kein Problem. Manche Drogen begannen mich auch zu langweilen, weil sie nach mehrmaligen Gebrauch nicht mehr denselben Effekt wie am Anfang hatten. Süchtig wurde ich bei alledem nur nach Zigaretten. Aber Nikotin ist ja auch die übelste Droge von allen, schlimmer als Heroin.

Dabei reagierte ich auf alle Drogen hochempfindlich. Wenn sich meine Kifferfreunde nicht sicher waren, ob das frischgekaufte Dope tatsächlich Hasch enthielt oder doch nur wieder Schuhcreme, ließen sich mich den Stoff ausprobieren. Merkte ich was, war wenigstens eine Spur von THC vorhanden. Das hieß, man musste die Dosis nur ordentlich erhöhen, bis auch dem Durchschnittskiffer der Kopf wegflog. Ich aber brauchte sehr viel weniger. Und so lag ich oft schon nach nur ein paar Zügen stundenlang auf einer Matratze und hörte Musik, die in dicken Tropfen von der Zimmerdecke zu fließen schien. Derweil brannte sich mein heißes Kleinhirn durch das Kissen, und wenn ich die Augen schloss, stürzte ich nach hinten in einen schwarzen Schlund, der niemals enden wollte.

Meine Gras- und Haschisch-Drogenräusche ähnelten tatsächlich sehr den Plattencovern, die zur selben Zeit im Umlauf waren. Woran das lag? An mir oder an den Plattencovern? Das sollen andere entscheiden. Auf jeden Fall war das der Grund, weshalb ich zögerte, LSD auszuprobieren. Es wurde einem immer wieder angeboten, aber ich wollte es nur nehmen, wenn ein nüchterner Führer mit mir auf die Reise ginge. Das wurde in der einschlägigen Drogenliteratur empfohlen. Nur kannte ich keinen, der mich führen wollte. Das war auch niemanden zu verdenken, denn ich hätte sicher nicht schlecht genervt. Als ich nämlich später meinen ersten Trip warf, sah ich Dinge, die ich mir bis heute nicht erklären kann. Das mag vielleicht auch an der Pille gelegen habe. Die hatte ich nach dem Einkaufen in einer kleinen Dose in unserem feuchten Keller versteckt, aus Angst vor der Polizei, die unserem Haus immer mal wieder Besuche abstattete. Als ich das Döschen dann nach ein paar Monaten für eine Party hervorholte, hatte der Trip Schimmel angesetzt. Scheiße, dachte ich. Vielleicht ist so eine völlig neue Droge entstanden? Ein Supertrip, der meine Hirnmoleküle verändert und mich zu einem willenlosen Zombie macht? Man kennt so was ja aus Superheldencomics oder Horrorfilmen.

Ich nahm die Pille trotzdem mitten in der Nacht, nachdem ich schon einiges getrunken hatte. Eine halbe Stunde später ging es los. Ich sah aus dem Fenster und bemerkte, dass der Schulhof hinter unserem Haus hell beleuchtet war. Dann füllte er sich langsam mit Menschen. Es war eine ganz normale Große-Pausen-Szene, nur dass sie sich am Wochenende abspielte, um zwei Uhr in der Nacht. Was ich sah, konnte nicht sein, war aber deutlich zu erkennen. Ich erklärte es mir später so, dass ich entweder in die Vergangenheit dieses Schulhofs gesehen hatte oder in seine Zukunft. Sonst war auf dieser Party eigentlich alles normal, wenn man davon absieht, dass die Stufen des Treppenhauses, in dem ich saß, im Mittelmeer endeten, obwohl das Treppenhaus im Bielefelder Osten stand. Ich zumindest hörte die Wellen gegen die Stufen schlagen und sah auf dem Flur des Erdgeschosses einen Schwarm fliegender Fische in hohem Bogen auf- und wieder abtauchen. Kann sein, dass ich damals wirklich für ein paar Stunden auf der anderen Seite war.

Ich sollte dort nicht lange verweilen, denn mit diesem allerersten Trip war auch meine LSD-Phase schon wieder vorbei. Erst viele Jahre später riskierte ich einen zweiten Ausflug, dieses Mal sicherheitshalber am Tag. Als die Wirkung der Pille einsetzte, saß ich gerade am Ufer eines größeren Weihers und steuerte mit meinen Gedanken ein Teichhuhn fern. Ich befahl dem Tier, zu mir zu schwimmen, was es auch bereitwillig tat. Doch kurz vor dem Ufer machte es halt, starrte mich für fünf Sekunden an, und sah dann zu, dass es wegkam. Ich weiß, dass Teichhühner keinen Gesichtsausdruck haben. Doch diesem Huhn war das Entsetzen ins Gesicht geschrieben. Es hatte meine geheimsten Gedanken gelesen und mich bis auf den Grund durchschaut hat. Seitdem habe ich kein LSD mehr genommen.

Speed, Ecstasy und Koks begleiteten mich etwas länger auf der Lebensbahn. Mit diesen Drogen erlebt man auch viel mehr, weil sie so schön lange wachhalten. Allerdings ist das, was passiert, in der Regel wahrnehmungstechnisch auch nicht weiter bemerkenswert, vor allem, wenn man das Zeugs normal dosiert. Man fühlt sich die ganze Zeit unnatürlich super, und das ist es meistens schon. Darum nur so viel: Ecstasy ist eine sehr angenehme Droge, vor allem die ersten Male. Dann wirkt es wie ein chemisches Evangelium und macht seinen Benutzer zu einem besseren Menschen. Dieser Effekt nutzt sich aber schnell ab, und zum Schluss wirkt E nur noch wie ein simpler Wachmacher. Speed ist ganz okay, so etwas wie der Traktor unter den Drogen, solide und robust. Koks allerdings wird überschätzt, und kann einem sogar den Abend versauen.

So war es an einem Silvester vor etlichen Jahren. Ich war zu einem Essen eingeladen, und ein Knallkopf hatte Koks mitgebracht. Wir rauchten es in einem Joint, und zwar idiotischerweise vor dem Essen. Danach trugen die beiden Gastgeberinnen die schönsten Speisen auf, von denen wir aber nur noch naschten, denn das kolumbianische Marschierpulver hatte uns bereits vollkommen satt gemacht. Es war eine sehr traurige Angelegenheit, die Speisen auf dem Tisch zu sehen, zu wissen, wie gut sie schmecken und sich trotzdem vor ihnen zu ekeln. Die Gastgeberinnen waren schwer enttäuscht. Also rauchten wir noch einen Koksjoint. Die Stimmung wurde dadurch nicht besser. Dann war der Stoff aufgebraucht und alle gingen nach Hause. Es war seit meiner Kindheit das erste Silvester, an dem ich vor Zwölf im Bett war. Am nächsten Morgen wusste ich: Jetzt hast du auch mit dem ollen Koks abgeschlossen. Ich habe es dann nur noch ab und zu anstandshalber bei bestimmten Koksgeselligkeiten konsumiert. Sonst kommt mir das Zeug nicht ins Haus.

Es gibt aber auch Drogen, die ich trotz meines hehren Vorsatzes nie genommen habe. Das hat verschiedene Gründe. Bei bestimmten Substanzen habe ich mich wahrscheinlich einfach nicht genug angestrengt, um in ihren Besitz zu gelangen. So war es ziemlich sicher bei Mescalin, einer Droge, die in den Siebzigern einen ausgezeichneten Ruf genoss, hauptsächlich aufgrund der Schriften Carlos Castanedas. Man sollte unter ihrem Einfluss sogar fliegen können oder den eigenen, längst verrotteten Urgroßeltern begegnen, denen Haut oder Nase aus dem Gesicht fielen, wenn man mit ihnen ein Gespräch begann. Das musste ich mir nicht unbedingt geben.

Psillos, also Magic Mushrooms, waren ein anderes Kapitel. Im Sommer und im Herbst rüsteten sich immer wieder Expeditionen, die früh morgens auf den Weiden vor den Toren der Stadt Pilze suchen gingen. Sie wuchsen hier über Nacht auf Kuhfladen und mussten in der Morgendämmerung gesammelt werden. Es hieß: »Hat der

Pilz den ersten Sonnenstrahl gesehen, ist er nicht mehr zu gebrauchen.« Ich habe mich nie an den Pilzfeldzügen beteiligt, denn ich mochte nicht um fünf Uhr aufstehen und im Halbdämmer auf nebelfeuchten Wiesen zwischen Scheißhaufen herumirren. Außerdem brachten es die Pilze nicht, die die anderen mit nach Hause brachten. Ich kaute ein paar, merkte aber nichts. Vielleicht war der Psilocybingehalt nicht hoch genug. Vielleicht waren es auch nur Hallimasch. Keine Ahnung.

Bei Pilzen kam der Durchbruch ein paar Jahre später. Ich saß mit Freunden am Ufer des Zürichsees, als plötzlich vom See aus ein Passagierschiff begann, Jagd auf uns zu machen. Ich schwöre bei dem Gehirn von Stalin: Das Schiff hielt direkt auf uns zu und drehte erst in letzter Sekunde bei. Es liefen auch erstaunlich viele Liliputaner auf der Uferpromenade herum und zwei Meter lange Dackel. Als die Wirkung der Pilze nachließ, gingen wir in eine Giacometti-Ausstellung. Dort habe ich zum ersten Mal die Kunst dieses Mannes verstanden. Garantiert hat er seine Skulpturen auf Pilzen gemacht, und je mehr er aß, desto kleiner wurden sie, bis sie irgendwann ganz verschwanden. Jetzt sind sie auf der anderen Seite und werden dort ausgestellt.

Die merkwürdigste Drogenphase, die ich durchlief, war allerdings die auf Valium. Merkwürdig nicht nur, weil Valium ja eine unglaublich langweilige Droge ist, sondern auch, weil ich die Pillen vor dem Ausgehen einschmiss. So etwas kann man sich körperlich eigentlich nur leisten, wenn man den ganzen Tag unter Strom steht. Als ich das Valium nahm, war es so, denn ich war mitten in der Pubertät und wieder mal verliebt. Sie hieß Britta und hatte dunkle, sanfte Augen. Aber wie die meisten Mädchen hatte auch Britta diese Augen nur für Jungs, die irgendetwas waren: gut aussehend, charmant, gebildet oder großzügig. Gewöhnliche Einfaltspinsel eben. Mich, der ich nichts von all dem hatte oder war, behandelte sie wie einen Bruder. Wie sollte ich sie bloß davon überzeugen, dass ich trotzdem der Richtige für sie war? Zum Eis einladen war nicht möglich, weil uncool. Zum Bier in eine Kneipe? Dazu waren wir zu jung. Man konnte billigen Lambrusco auf einer Wiese zusammen trinken, doch da waren die anderen immer mit dabei. Was noch ging, war sie zu besuchen. Das war ganz einfach möglich, weil man in den Siebzigern ohne vorher anzurufen plötzlich vor der Haustür stehen konnte, klingeln und dann sagen: »Hallo. Ich wollte dich spontan besuchen. Da bin ich.« Wer spontan kam, musste eingelassen werden. Spontaneität war extrem angesagt.

Ich setzte mich also in die Straßenbahn und fuhr in den Vorort, in dem Britta wohnte. Von der Haltestelle waren es noch zwei Kilometer bis zu ihrem Haus. Entschlossen setzte ich einen Fuß vor den anderen. Als aber das Haus in Sichtweite kam, fielen mir plötzlich Brittas Eltern ein. Meine Gedanken begannen durcheinander zu purzeln. Ich stellte mir vor, wie ihr Vater aufmachen und ich sagen würde: »Guten Tag, ich bin Christian. Ist Britta da?« Was wäre, wenn er mich in ein Gespräch verwickeln würde? Ich musste also alles noch einmal überdenken. Unauffällig drückte ich mich am Haus vorbei und ging ums weitläufige Karree. In meinem Kopf ratterte es weiter: Was tue ich, wenn Britta gar nicht zu Hause ist? Oder aber: Sie ist da und geht mit mir auf ihr Zimmer? Worüber sollte ich nach dem Einleitungssatz mit ihr reden. Ich überlegte, dachte nach, betrachtete das Problem von allen Seiten, und als ich fertig war, stand ich wieder an der Haltestelle. Ich setzte mich in die Straßenbahn und fuhr nach Hause.

Ich war schon drauf und dran, die Sache mit Britta aufzugeben, als ich das Röhrchen mit den Valium-Tabletten entdeckte. Es stand im Medizinschrank meines Großvaters, der mit uns im Haus wohnte. Er ging auf die Achtzig zu und brauchte täglich einen ganzen Sack voll Medikamente. Von Valium hatte ich schon sehr viel Gutes gelesen. Viele Hausfrauen nahmen angeblich diese Pillen, wenn ihnen das Leben einmal schwer fiel. Danach sollte dann alles wie von selber gehen, so wie bei Meister Proper in der Werbung, wo sich das Angebrannte auf dem Herd praktisch von selbst wegputzte. Das musste ich probieren.

Einige Pillen beiseite zu schaffen, war nicht weiter schwer. Der Großvater hatte einen so großen Vorrat, dass er nicht merken würde, wenn ein paar fehlten. Ich steckte also welche ein und testete sie sofort. Die Wirkung war umwerfend. Von einer halben Stunde auf die andere kam mir die Welt ganz leicht und wattig vor. Besonders gut war, dass ganz anders als bei Haschisch meine Gedanken nicht unkontrolliert durcheinanderrasselten. Es drehten sich auch keine Räume, keine Musik troff von der Decke, und die Vokabeln blieben dort, wo sie hingehörten. Am nächsten Morgen nahm ich wieder eine Pille. Ich ging zur Schule und hielt dort zu meiner eigenen Überraschung eine verlaberte, prahlerische Rede, in der ich meinen Mitschülern unter anderem die Weltrevolution fürs nächste Jahr versprach. Als es zur Pause schellte, war ich zum Klassensprecher gewählt. Valium, das war meine Droge!

Zwei Tage später saß ich wieder in der Straßenbahn, auf dem Weg zu Britta. Sicherheitshalber hatte ich gleich zwei Tabletten eingeworfen. Die Wirkung ließ nicht auf sich warten. Diesmal steuerte ich zielstrebig auf die Haustür zu und klingelte. Die Mutter öffnete. »Guten Tag«, flötete ich, »ich bin Christian. Ist Britta da?« Sie war und schien sich wirklich über meinen Besuch zu freuen. Kurze Zeit später saßen wir in ihrem Zimmer, tranken Tee und hörten »Tubular Bells«. Sehr gesprächig war ich allerdings nicht. Eigentlich sagte ich gar nichts. Doch anders als sonst machte mich das nicht nervös. Kein Problem, Britta bloß anzulächeln. Es war wunderschön. Ganz so, wie in meinen allerkühnsten Träumen.

Als ich wieder aufwachte, war es draußen schon dunkel. Brittas Mutter stand neben mir. »Guten Abend, äh, wo ist denn Britta?« »Britta ist ausgegangen. Mit einer

Freundin. Sie hätte Sie gerne mitgenommen, aber Sie waren nicht wachzukriegen.« Verdammt, die zwei Tabletten waren wohl etwas zu viel. »Hmm, ja dann werde ich wohl mal wieder gehen.« »Aber nicht doch«, säuselte Brittas Mutter. »Mein Mann und ich wollen in die Kirche. Kommen Sie doch einfach mit.«

Nur eine halbe Stunde später stand ich mit zwei älteren Herrschaften in einer ostwestfälischen Vorortkirche und war schwer irritiert, weil ich mich in der Liturgie nicht auskannte. Man musste immer wieder an bestimmten Stellen in die Knie gehen und ebenso abrupt wieder aufstehen. Nach einer Weile dämmerte mir, dass ich, der Protestant, in eine katholische Messe geraten war. So ist also, dachte ich, die andere Seite auf Valium. Katholisch! Danach habe ich auch diese Droge gemieden.

An den Berufsverband der Batterieauflader

Zum ersten Mal arbeiten
(15 Jahre)

SCHREIBEN IST EINE FURCHTBARE ANGELEGENHEIT. Ich hasse es. Auch dieser Text ist einmal mehr unter Qualen zustande gekommen. Ich würde viel lieber körperlich arbeiten, draußen an der frischen Luft und im Sonnenschein. Das täte meinem geschundenen Körper gut. Aber ich muss hier in diesem Kabuff sitzen, vor diesem ollen Monitor am Schreibtisch und mir die Augen verderben, den Rücken kaputt machen und täglich blasser werden. Dabei hatte ich doch einst als echter Draussenarbeiter begonnen. Aber schon bei meinem ersten Arbeitserlebnis ging alles schief.

Ich war fünfzehn, und um ein vollständiger Mensch zu werden, brauchte ich, das war klar, ein Moped. Eine fünfziger Honda, in rot, ungefähr achtzig Spitze, Klasse 4. Die Honda wollte ich mir an meinem sechzehnten Geburtstag kaufen. Es gab nur ein kleines Problem. Ich hatte kein Geld. »Du kannst es dir in den Sommerferien verdienen«, sagte mein Vater und verschaffte mir eine Arbeit weit weg von zu Hause: Im Moor. Das Moor gehört zu Bethel, der Anstalt, in der mein Vater arbeitete und ich aufgewachsen bin. Normalerweise schufteten dort besser gestellte Alkoholiker, schlechter gestellte Alkoholiker und straffällig gewordene Jugendliche, die aber anders genannt wurden, weil in der Anstalt die Nächstenliebe regierte. Die besser gestellten Alkoholiker hießen »die Herren«, die schlechter gestellten Alkoholiker waren »unsere Brüder von der Landstraße« und die delinquenten Jugendlichen einfach »die Jungs«.

Ich hatte gehofft, in einer Kolonne zusammen mit netten »Herren« oder »Jungs« zu arbeiten, doch es kam anders. Ich wohnte bei Verwandten dritten Grades und konnte dort in der Nacht vor meinem ersten Arbeitseinsatz nicht einschlafen. Ich lag auf meinem Bett und lauschte dem Rattern und Pfeifen der Güterzüge, die irgendwo weit weg durchs teerschwarze Flachland fuhren. Morgens um halb sechs stand ich auf. Nach dem Frühstück holte mich einer der »Herren« mit einem Lieferwagen ab. Zusammen fuhren wir ins Moor. An einem Wassergraben hielt er an. Neben dem Graben lagen die von einer Maschine gestochenen Torfstücke wild durcheinander, etwa doppelt so groß wie Ziegelsteine. »Aufstapeln, zu Mieten«, sagte der Herr und zeigte mir kurz, wie es gemacht wird. Dann ließ er mich allein.

Mit einem Male war es totenstill. Um mich herum gab es nichts außer ein paar verkrüppelten Birken, dem Feldweg, über den ich gekommen war, und dem Moor. Es sah aus, wie in einem Zweiter-Weltkriegsfilm, und gleich würden am Horizont die Russen auftauchen. Mich fröstelte und ich machte mich sofort an die Arbeit. Rund ein Meter achtzig sollten die Torfmieten hoch sein, aber dieser Sommer war sehr heiß und die Torfstücke knochentrocken. Von vielen waren die Ecken abgeplatzt, so dass sie sich kaum stapeln ließen.

Nach einer Stunde mühseliger Arbeit stürzte meine erste Miete wieder ein. Ich begann von vorne. Diesmal dauerte es bloß eine halbe Stunde, dann lagen die Scheißtorfstücke wieder genauso da wie ich sie vorgefunden hatte. Es wurde Mittag, die Sonne brannte und der Schweiß rann mir in die Augen. Endlich sah es so aus, als wollte ein Stapel halten. Ich betrachtete mein Werk mit Stolz. Da neigte sich die Miete und fiel lautlos zusammen.

Am frühen Nachmittag wusste ich mir nicht mehr zu helfen: Ich kniete auf dem weichen Moorboden nieder und fing an zu beten. Ich versprach Jesus einen Teil meines Lohns, wenn er sich erbarme und die Mieten stehen ließe. Doch Jesus war an meinen paar Mark nicht interessiert. Die nächste Miete wurde nicht einmal einen Meter hoch. Ich war drauf und dran, mich in das Moorloch zu schmeißen, das nur zehn Meter hinter dem Graben vor sich hin gluckste. Die Vorstellung, für immer bewegungslos in diesem kühlen Loch zu liegen und mich um nichts mehr kümmern zu müssen, kam mir sehr tröstlich vor. Lange starrte ich in das Loch, bis ich deutlich sah, wie eine rote Honda darin versank. Da hatte ich genug. Am Abend rief ich meine Eltern an, und bat sie darum, mich abzuholen. Dann fuhr ich mit ihnen nach Österreich in die Ferien.

Dieser erste Draussenarbeitseinsatz hatte mich so schockiert, dass ich danach keine Arbeit unter freiem Himmel mehr annahm. Stattdessen arbeitete ich mich bei meinen folgenden Jobs immer weiter nach innen vor. Erst arbeitete ich als LKW-Fahrer, wo man durch die Windschutzscheibe immer noch etwas von der Schöpfung sieht. Später wurde ich Packer in einem geräumigen Lagerhaus, in das Tageslicht durch Glasbausteine fiel. Dann arbeitete ich als Pflegehelfer in der Psychiatrie, und zwar auf einer geschlossenen Station, deren Türen sich nur mit einem Vierkant öffnen ließen. Wahrscheinlich hatte das Vermeiden eines Arbeitsplatzes unter freiem Himmel bei mir wirklich etwas Phobisches. Zwar fuhr ich dann noch später nachts Taxi, was dem Anschein nach meinem Arbeitsweg nach innen widerspricht. Doch als Taxifahrer zu arbeiten ist nur der letzte logische Schritt, bevor man als Autor am Schreibtisch verendet. Darum zählt es nicht.

Anders als von Nichtschreibern und Dilettanten gerne

behauptet, macht Schreiben keinen Spaß. Und im Moment ist der Wunsch, die Bude hier zu verlassen, kaum bezwingbar. Es ist Frühling geworden, die Temperaturen liegen um die zwanzig Grad. Die ersten Bäume blühen, die Sträucher werden grün, die Vögel zwitschern und die jungen Frauen tragen schon luftigere Kleider spazieren. Aber ich bin hier eingesperrt, weil dieser Text fertig werden muss. Und wofür? Wenn ich Glück habe, wird diese Geschichte von dreitausend Leuten gelesen. Von denen werden sie wahrscheinlich 2.968 sofort oder mittelfristig vergessen. Und der Rest? Nun gut, ich habe keine Ahnung... Trotzdem scheint mir das Schreiben vollkommen sinnlos zu sein.

Aber was soll ich machen? Ich habe mich eben damals ins Bockshorn jagen lassen. Und so bin ich bei dem ungesündesten und freudlosesten Job gelandet, den man sich vorstellen kann. Jetzt kann ich nicht mehr anders. Ich bin alt, habe nichts Vernünftiges gelernt und wahrscheinlich bin ich auch schon viel zu schwach und krank für körperliche Arbeit. Auf dem Bau würde ich sofort zusammenklappen, nach zwei Tagen als Gärtner bräche mir das Kreuz und nach einer Woche als Straßenfeger stürbe ich an wahlweise an einer Lungenentzündung oder der Gicht. Also bleibe ich beim Griffelhalten, bis er irgendwann dann fällt. Bzw. beim Tippi-Tippi-Machen.

Nur manchmal denke ich, ich hätte doch noch eine Chance. Einmal begegnete ich nämlich jemanden, der einen Beruf unter freiem Himmel ausübte, der wie geschaffen für mich war. Das war im Dschungel von Kambodscha, in der Nähe der Stadt Siem Reap. Kambodscha ist ein Land, in dem auch heute noch nur zwanzig Prozent der Haushalte ans Stromnetz angeschlossen sind. Der Rest der Bevölkerung bezieht das bisschen Strom, den man zum Betreiben eines Fernsehers oder von ein paar Glühbirnen braucht, aus Autobatterien. Und die müssen immer wieder aufgeladen werden. Das besorgte der Mann, der mir nach einem halben Tagesmarsch über den

Weg gelaufen war. Er war Batterieauflader, der mit einem Dieselgenerator, der neben seiner Hütte stand, in mehr als dreißig Autobatterien wieder Saft reinpresste. Die Nachbarn brachten die Batterien vorbei, er schraubte die Kammern auf, klemmte die Kabel an die Pole und legte sich dann unter ein kleines Sonnendach, um den Batterien dabei zuzuhören, wie sie den Strom sanft britzelnd in sich aufnahmen. Für diese Arbeit wurde der Mann nicht schlecht bezahlt. Zumindest sah die Hütte, in der er lebte, besser aus als die meisten in seiner Umgebung. Aber was noch viel wichtiger war: Von dem Batterieauflader ging eine Zufriedenheit und Ruhe aus, gegen die das Auftreten zenbuddhistischer Mönche wie das Durcheinandergewusele von Brokern auf dem Parkett der New Yorker Börse wirkt.

Damals habe ich nicht begriffen, dass dieser Beruf wahrscheinlich der einzige auf der Welt ist, der mich zufrieden machen könnte. Man kann ihn unter freiem Himmel ausüben, macht sich nicht kaputt und hat viel Zeit für eingehende Betrachtungen über das Wesen des Seins, der Zeit und des ganzen Universums. Außerdem ist das Batterieaufladen dort, wo es sonst keinen Strom gibt, eine sinnvolle Tätigkeit, mit der man das Leben seiner Mitmenschen bereichert und das einem sicher hohes gesellschaftliches Ansehen verschafft. Ich hätte mich damals bei dem Mann sofort erkundigen müssen, wie man Batterieauflader wird. Aber ich fragte damals nicht und vergab die Chance.

Doch vielleicht ist es doch noch nicht zu spät: Sollten Sie zufällig ein Mitglied des Berufsverbandes der kambodschanischen Batterieauflader sein, melden Sie sich doch bitte. Auch wenn sie einen Batterieauflader kennen sollten, würde ich gerne von ihnen hören. Ansonsten können Sie den Rest des Buches sofort wieder vergessen. Nur helfen Sie mir!

Miss Fatusha, DJ Bim Bam und ein berühmter Dichter

Zum ersten Mal ratlos (38 Jahre)

ES WAR IRGENDWANN ENDE der Neunziger nach einer Lesung in Köln, als ein junger Mann zu mir kam. »War ganz okay, die Lesung. Aber nichts gegen die Sache damals im Basement. Das war das Größte. Krass.« Ich war, um es milde auszudrücken, überrascht von seiner Begeisterung. Für mich nämlich war das, was er »die Sache damals im Basement« nannte, die schlimmste Lesung meines Lebens.

Schon der Veranstaltungsort war nicht sehr einladend. Das Basement in Köln, ein Gewölbe unter einer Kirche, sah aus wie ein Studentenclub in der DDR, der von Bluesmusikern und Bürgerrechtlern übernommen worden war. Es roch auch so, jedenfalls an diesem Samstag im Jahr 1995, als Gerhard Henschel und ich dort zusammen mit einem berühmten Dichter lesen sollten. Veranstalter war Stefan, ein undurchschaubarer Frankfurter Techno-Impressario, der ständig in der *Titanic*-Redaktion vorbeikam, um Geschichten aus seinem Leben zu erzählen. Meistens spielte seine Katze darin eine tragende Rolle. Angeblich war sie die intelligenteste Katze der Welt und hatte ihrem Herrn bereits mehrmals das Leben gerettet.

Am spektakulärsten war ihr Erste-Hilfe-Einsatz nach Stefans Schlaganfall. Als der Impressario bewusstlos auf dem Boden lag, ließ die Katze ihn zur Ader. »Sie kratzte am Arm eine Vene auf, bis das Blut floss. Das war medizinisch genau richtig. Der Arzt hat später gesagt: Ohne meine Katze wäre ich jetzt tot.« Ob er diese Geschichte wirklich glaubte, war wegen Stefans Opazität nicht so recht herauszukriegen

Der Impressario war also ständig in verschiedenen Paralleluniversen unterwegs, die er zumeist selbst geschaffen hatte. Aber er kannte, wie er gerne durchblicken ließ, tatsächlich viele Leute aus dem Medien- und Musikgeschäft. So schaffte er es trotz oder wegen seines ganz eigenen Zugangs zur Realität immer wieder, irgendwelche »Projekte« anzuleiern oder Parties zu organisieren. Im Jahr der Basement-Lesung hatte er für eine Frankfurter Obdachloseninitiative eine Benefiz-CD koproduziert, ein recht bizarres Mischmaschprodukt. Auch diese CD sollte bei der Kölner Veranstaltung vorgestellt werden, denn es war August und gerade »Popkomm«. Was die Kombination CD-Release-Party und Lesung anging, waren Henschel und ich eher skeptisch. Doch Stefan war ein freundlicher und sanfter Mensch, dem man kaum etwas abschlagen konnte. Er hatte es sogar geschafft, Henschel dazu zu bringen, den berühmten Dichter zu einem kurzen Gastauftritt zu überreden.

Der Eintritt für den Top-Event betrug 30 Mark. Ziemlich viel Geld, aber dafür sollten immerhin ein paar Bands auftreten, zwei halbwegs bekannte *Titanic*-Autoren und ein berühmter Dichter. Obendrein war den Gästen ein Buffet versprochen worden. Das wollte Stefan persönlich zubereiten, denn der Impressario war auch ein leidenschaftlicher Koch. So gesehen ging der Preis in Ordnung. Das sah auch das Publikum so und zahlte ihn bereitwillig. Als Henschel und ich in das Gewölbe hinab stiegen, war es proppenvoll. Da wurde mir schon etwas schummrig. Der berühmte Dichter hatte eine Stunde zuvor angerufen und mitgeteilt, es würde etwas später werden. Also warteten wir noch etwas. Als nach einer Stunde das Publikum zu murren begann, setzten wir uns auf die kleine Bühne. »Der berühmte Dichter«, sagte ich, »kommt noch. Wir fangen schon mal an.«

Wir lasen. Mal Henschel, mal ich. Das Publikum applaudierte nicht unfreundlich, aber eben nur so stark, wie man eine Vorgruppe beklatscht. Es wurde immer deutlicher, dass die meisten des berühmten Dichters wegen gekommen waren. Von dem aber gab es noch immer keine neue Nachricht. So gut es ging, zogen wir die Lesung in die Länge. Doch irgendwann wollte das Publikum uns nicht mehr. Es wollte jetzt den Dichter.

Es bekam –: Miss Fatusha, eine Dame mittleren Alters, die irgendwo in einer anderen Ecke des weitläufigen Basement-Gewölbes stand und einfach zu singen begann, unangekündigt und zu einem bis zum Anschlag aufgedrehten Halbplayback: »Eins zwei drei – ich sing wie Marusha«, sang die kleine Frau. »Eins zwei drei – ich sing wie Marusha.« Dieses Stück stammte von der bizarren Benefiz-CD und sollte eine Parodie auf Musik und Piepsgesang der Techno-DJane Marusha sein. Der Parodiecharakter wollte sich allerdings nicht so recht vermitteln. Das Stück verdoppelte eigentlich bloß das, was Marusha tat, nur schlechter.

Das Publikum stand da, als habe man es in Kunstharz eingegossen. Was war das? Bevor sich aber auch nur einer irgendetwas erklären konnte, war die Erscheinung schon wieder im maschinenerzeugten Nebel verschwunden und es trat auf: Horstl Wonder. Auch der sang etwas, das wohl eine Parodie sein sollte, diesmal jedoch auf DJ Westbam. Der Text des Stückes war so simpel wie seine Melodie und der dazu scheppernde Rhythmus, und alles drei wollte einfach nicht mehr enden: »I'm a DJ Bim Bam – I'm a DJ Bim Bam – I'm a DJ Bim Bam«, sang Wonder, wobei er irgendwie mit den Armen hampelte.

Horstl Wonder, der natürlich gar nicht so hieß, konnte

einem wirklich Leid tun. Es war noch nicht einmal sein eigenes Lied, was er da sang. Wonder war nur eingesprungen, weil der Originalinterpret nicht gekommen war – wahrscheinlich schämte er sich für das Scheißstück. Eigentlich wollte Wonder eine Free Jazz Variation des »Lachenden Vagabunden« vortragen, ganz so wie auf der CD, was »DJ Bim Bam« sicher noch getoppt hätte. Dazu kam es jedoch nicht mehr. Vor dem Free Jazz waren nämlich »die Kinder« an der Reihe. Das hatte Stefan im Vorfeld so entschieden.

»Die Kinder« waren zwei Jungs im Grundschulalter, die Söhne von Holger und … Miss Fatusha. Holger, ein gutmütiger alter Rock'n'Roller mit Bart und langen Haaren, war der zweite Produzent der Benefiz-CD, und wollte offensichtlich seinen Kindern an diesem Popkomm-Samstag eine ganz besondere Freude machen. Er schnallte sich die E-Gitarre um, Sohn Nummer eins setzte sich ans Schlagzeug und Sohn Nummer Zwei nahm ein Mikro in die Hand. Was dann folgte, wird wohl niemand vergessen, der dabei war. Es dauerte nur den Bruchteil einer Sekunde, bis ich erkannte, was das Trio da herunterschrammelte und -quäkte. Es war »Schlumpfen Eye Joe«, die Schlumpf-Version des sowieso schon tiefbösen Rednex-Songs »Cotton Eye Joe«, ein Hit, den man 1995 an allen Ecken und Enden hörte.

Das war das Ende. Ein Teil des Publikums löste sich aus der Erstarrung, in die es aus lauter Fassungslosigkeit verfallen war, und begann dem Ausgang zuzustreben. Andere schrien: »Was soll die Scheiße?« »Aufhören!« »Wir wollen den berühmten Dichter!« Holger versuchte die Veranstaltung zu retten, brach den Song ab und sprach ins Mikro: »Okay, Leute. Wir spielen jetzt ›Hey Joe‹. Und ihr singt alle mit.« Natürlich sang keiner, denn wir schrieben den August 1995, und nicht 1975. Am Ausgang forderten die ersten Leute ihr Geld zurück. Mittlerweile glaubte auch keiner mehr an das Kommen des berühmten Dichters. Tatsächlich hatte der kurz vorher endgültig abgesagt, unfassbare zwei Stunden nach dem offiziellen Veranstaltungsbeginn. Es war an der Zeit, den kompletten Reinfall einzugestehen und den Leuten ihr Geld zurückzugeben.

Ich ging zu Stefan, um ihm das klarzumachen. Er war in einer kleinen Backstage-Küche, die gleich neben dem Ausgang lag. Als ich eintrat, war der sonst so sanfte Mann nicht wieder zu erkennen. Er tobte und schrie: »Das sind keine Menschen, das sind Schweine. Diese Drecksäue! Mein Buffet!« Ich verstand nicht, was er damit sagen wollte. Ich verstand nur, dass es ein denkbar ungünstiger Moment war, mit Stefan über die Rückgabe des Eintrittsgeldes zu reden. Ich versuchte es trotzdem. Da explodierte er. Der kochende Impressario schnappte sich einen Bratenwender und stürmte auf mich los.

Ich schaffte es gerade noch zur Tür. Stefan folgte mir bis zur Schwelle. Hier blieb er stehen und wandte sich an die Menge, die immer wütender ihr Geld zurück verlangte und sprach: »Herhörn, ihr dummen Schweine! Der da« – er zeigte auf mich – »ist verantwortlich für alles.« Dann zog er die Tür schnell zu und schloss sich in der Küche ein. Ich glaube, ich bin noch nie von einer Sekunde auf die andere von so vielen Leuten böse angestarrt worden. Dabei scharten sie sich um mich und teufelten von allen Seiten auf mich ein: »Betrüger! Was habt ihr euch nur dabei gedacht! DJ Bim Bam, die Schlümpfe! Und du arrogantes Arschloch grinst auch noch.« Und immer wieder schrien welche: »Geld zurück! Sofort!« Das aber war, wie sich bald herausstellte, nicht möglich. Die Saalmiete war fällig, die Anlage musste bezahlt werden; und danach war kaum mehr etwas übrig. Die Menge wollte das nicht einsehen. Der Kreis um mich wurde enger. Und schon setzte es erste Knüffe und Püffe gegen mich...

Es war Patric, der Verlagsleiter der *Titanic*, der mich rettete. Er stellte sich vor die aufgebrachten Leute und versprach jedem als Entschädigung eine Gratis-CD des berühmten Dichters. Das wirkte. Der eben noch rasende Mob stellte sich in einer Reihe auf. Patric platzierte sich am Ausgang und begann damit, CD-Gutscheine zu verteilen. Eigentlich waren diese Gutscheine nur Fetzen von einer Tapetenrolle, denn auf die Schnelle hatte sich im Basement kein anderes Papier auftreiben lassen. Für jeden einzelnen Lesungsbesucher riss Patric also ein Stück von der Rolle ab, schrieb feierlich drauf »Gutschein über eine berühmte Dichter-CD« und unterzeichnete.

Ich weiß nicht, ob die Leute jemals die CD bekommen haben. Ich weiß nur, dass ich beeindruckt davon war, wie ein kleines Stückchen Tapete eine Horde wütender Menschen in eine Herde braver Schafe verwandeln konnte. Man hätte wahrscheinlich auch einfach »1.000 Mark« draufschreiben können, das hätte genauso funktioniert. Ich traute dem Frieden trotzdem nicht und wollte so schnell wie möglich verschwinden. Mir war egal, dass der irre Impressario immer noch in der Küche hockte und sich standhaft weigerte, aufzuschließen. Ich wollte aber wenigstens noch einen letzten Blick auf das Buffet werfen, um zu sehen, was den einst so sanften Menschen in eine solche Rage versetzt hatte. Tatsächlich sah das Buffet nicht gut aus, besonders der Schweinebraten. Einige Leute hatten offenbar den ganzen Brocken in die Hand genommen und große Stücke heraus gebissen. Das bewiesen deutlich sichtbare Gebissabdrücke. Um die Suppen und Salatschüsseln herum sah es noch schlimmer aus. Warum bloß hatte sich das Publikum so aufgeführt? Ein zweiter Blick brachte die Lösung. Auf dem Buffettisch war kein einziges Besteckstück zu entdecken. Weder Löffel in den Salat- und Suppenschüsseln, noch irgendwo Gabeln oder Messer. Aus mysteriösen Gründen hatte Stefan einfach nicht für Besteck gesorgt. Hatte er am Ende den Eklat bewusst geplant? Ich sollte es nie erfahren.

Ein paar Jahre sind seit dieser Lesung vergangen. Und irgendwann war ich mir nicht mehr sicher, ob sie überhaupt stattgefunden hatte. Oder vielmehr: Ob das alles so passiert war, wie ich mich zu erinnern glaubte. Doch dann kam eines Tages dieser junge Mensch, dem alles noch präsent war. Bloß sein Fazit war ein anderes: »Super, die Sache im Basement damals. Bastl Wonder oder wie der hieß, DJ Bim Bam, die Kinder, die Schlümpfe! Mann, ihr habt damals den ganzen Popkomm-Hype voll krass vorgeführt.« Und dann gibt es ja noch einen materiellen Beweis in Form einer bizarren CD. »Tafelmusik« heißt sie. Miss Fatusha, Horstl Wonder und DJ Bim Bam sind da wirklich drauf. Im Internet wird sie heute zwischen 12, 99 Euro und 29,99 US-Dollar gehandelt.

Ich habe überhaupt nichts gemacht

Zum ersten Mal nicht kriminell (13 Jahre)

ALSO, EUER EHREN, WENN SIE mich so fragen, ich weiß nicht, was ich hier soll. Erst mal halte ich nicht viel davon, wenn man sich darüber auslässt, was man denn für kleine, niedliche Verbrechen begangen hat, damals als man noch jünger war. Das klingt mir zu sehr nach einer Mutter, die sich in den Siebzigern nackt hat fotografieren lassen, und die jetzt die Fotos aus der Kiste holt, um ihren Kindern mal zu zeigen, was sie damals für einen tollen Körper hatte. Mutti nackt im Schlamm oder ums Lagerfeuer tanzend, untenrum bemalt und unrasiert. Ist doch peinlich so was.

Ich habe auch gar nichts zu erzählen. Da ist nämlich nichts gewesen. Ich bin eine grundehrliche Haut, ich wurde so erzogen. Um das zu illustrieren: Mit 13 Jahren habe ich mal ein Fünfmarkstück gefunden. Es lag im Schnee und glänzte, hinter einem Zaun, der eine kleine Kioskbude umzäunte. Derselbe Kiosk übrigens, an dem ich mir später die Sexhefte besorgte, die unter dem Pullover immer so gut nach Druckerschwärze rochen, weshalb ich … aber darum geht es ja nicht. Ich bin über den Zaun geklettert und habe mir das Fünfmarkstück geholt.

Auf dem Nachhauseweg kriegte ich ein schlechtes Gewissen. Ich habe dies und das gedacht, hauptsächlich aber, dieses eine Fünfmarkstück könnte jemandem furchtbar fehlen, einer alten Frau, die von Sozialhilfe lebt, frierend in einer baufälligen Wohnung. Ich bin dann wieder zum Kioskbesitzer zurück, habe ihm das Geldstück gezeigt und gefragt, ob das seines wäre. Natürlich hat er »ja« gesagt, der Arsch, und: »Dankeschön, mein Junge. Den ganzen Tag schon habe ich nach den fünf Mark gesucht.«

So war ich. Grundehrlich bis zur Blödheit. Es gibt auch sonst keine Verfehlungen in meinem Leben. Was soll ich denn schon gemacht haben? Prügeln? Verwemsen? Raub? Dazu hat es nicht gereicht. Ich war klein und schmächtig und wurde selbst dauernd verkloppt. Vor allem Jost Burgmann hatte mich immer wieder in der Mangel, wenn Ecki gerade nicht da war, der noch schwächer war als ich. Burgmann hat uns auf dem Schulweg gequält, in der Schule, auf dem Schulhof. Kopfnüsse, Arschtritte, tausend Stecknadeln, so was. Ecki musste ihm auch Geld für Negerküsse geben. Die hat ihm Burgmann dann im Gesicht zerquetscht.

Einmal hat's mir dann gereicht. Ich habe der dummen Sau so in die kleinen Eier getreten, dass er sich auf dem Boden wälzte und heulte, als habe er ein mit heißer Scheiße gefülltes Dampfbügeleisen verschluckt. Ich war zehn damals und ich musste zum Direx. Jost Burgmann kam ins Krankenhaus, zur Kontrolle. Nein, leid tut mir die Sache bis heute nicht. Es ist ja letztlich auch nichts passiert, ich war noch gar nicht strafmündig. Und danach kam nichts mehr mit Hauen, außer, dass ich zwei, drei Mal noch was aufs Maul gekriegt habe, von Nazis oder der Polizei.

Gut, die Drogen später, das war vielleicht ein bisschen illegal. Aber nicht nach der heutigen Rechtssprechung, und darauf kommt's doch an. Ich finde es lächerlich von Verbrechen zu erzählen, die längst keine mehr sind. Und ich hatte sicher nie mehr als die sechs Gramm Hasch bei mir, die heute selbst in Bayern toleriert werden. Oder, hatte ich? Klar habe ich das geraucht. Hat doch jeder. Aber ich habe nie mit Drogen gehandelt oder sie geschmuggelt. Ich hatte einfach zu viel Angst. An der Grenze wurden wir jedes Mal gefilzt, allein schon wegen unserer langen Haare. Manchmal schickten sie auch Hunde durch die Autos, übel riechende Cockerspaniel, und hin und wieder mussten wir uns ausziehen: Beine breit und bücken. Da bin ich immer drum herum gekommen. Aber einige meiner Freunde nicht.

Die waren ja auch ne Nummer härter: Sie haben das Dope in Kondome gestopft, geschluckt und sind bei Hengelo rüber über die Grenze. Das hat immer geklappt. Es war aber jedes Mal ein großes Drama, bis dann das Hasch wieder draußen war, vor allem, wenn einer Verstopfung hatte. Danach wurde es gleich angeraucht. Ronnie schwor: »Wenn das Zeug einmal durch deinen Darm gegangen ist, dann turnt es besser.« Das ist ungefähr so wie bei vietnamesischem Wieselkaffee. Der schmeckt wirklich aromatischer, wenn er … ach, sie kennen die Geschichte?

Ich konnte das aber nicht, das Schlucken. Nee, halt, alles zurück, ich habe gerade eine Epiphanie. Ich sehe mich im Haus meiner Eltern vor der Klosettschüssel stehen und mit einem kleinen Stöckchen in der eigenen Scheiße pulen. Habe ich also auch gemacht. Ich habe aber kein Kondom genommen, sondern nur ein bisschen Zellophanpapier, weil ich Angst hatte, so ein ausgeleiertes Kondom könnte sich irgendwie im Darm verhaken. Eigentlich soll man sich die ganze Verpackerei sowieso sparen können, denn große Haschischstücke werden gar nicht verdaut, höchstens ein bisschen angenagt von der Magensäure und den Darmbakterien. Wenn man aber ein Piece nicht verpackt, dann braucht man sehr viel länger, um es wieder zu finden, weil sich Hasch schwer von Scheiße unterscheiden lässt. Nun ja, es gibt unangenehmere Sachen: Hodenkrebs zum Beispiel, ausgelöst durch Tritte in der Kindheit.

So viel zu meiner Drogenkarriere. Natürlich ist sie noch ein bisschen länger. Wer Drogen nimmt, kann immer was erzählen. Muss es aber nicht. Na, meinetwegen noch die Geschichte auf Fuerteventura, aus pädagogischen Gründen. Da war ich mit meiner Ex. Die Beziehung war noch ganz frisch, wir hatten im ersten Liebesrausch kurzfristig gebucht, da macht man ja noch solche Sachen. Im Hotel angekommen, suchte ich sofort meine Kondome. Ich fand sie im Kulturbeutel, und direkt daneben steckte ein Döschen. Ach, du Scheiße. Das hatte ich total vergessen: Sieben Es waren da drin, also Ecstasy-Pillen.

Ich war ganz aufgeregt und hatte keine Ahnung, was ich tun sollte. Ich wusste ja noch nicht einmal, ob der Besitz von Ecstasy in Spanien illegal war. Die haben ja so komische liberale Gesetze. Kurz dachte ich daran, bei der Polizei mal nachzufragen. So wie damals bei meinem alten Kiosk. Hätte er auf der Insel gestanden, wäre ich da gewiss hingegangen und hätte gefragt: »Entschuldigung, ist das vielleicht ihr Ecstasy?« »Genau, mein Junge, das sind meine Pillen. Ich erkenne sie an den Smilies oben drauf.« Ich wette, so wär's gekommen.

Fest stand, dass ich das Zeugs auf keinen Fall wieder zurück nach Deutschland bringen wollte. Jetzt, wo ich wusste, dass ich es hatte, hätte mir das jeder angesehen. Ich hätte mir gleich ein Schild um den Hals hängen können: »Ich habe übrigens Drogen im Gepäck. Erschießen sie mich bitte.« Wegschmeißen konnte ich sie aber auch nicht. Ich bin ein sparsamer Mensch und kann nichts wegwerfen, was mich Geld gekostet hat. Außerdem hätten die Pillen vielleicht Kinder finden können; oder sie hätten dem Grundwasser was angetan.

Also beschloss ich, sie zu nehmen. Wir hatten für eine Woche gebucht und weil sich meine Freundin partout nicht zum Mitmachen überreden ließ, musste ich pro Tag eine einwerfen. Für mich war es dann eigentlich ein ganz okayer Urlaub. Ich fand die Insel und die Leute sehr entspannt. Meiner Ex gefiel es weniger. Sie meinte, ich hätte sie zwei Nächte lang nur voll gequatscht. Ab der dritten musste ich auf dem Balkon schlafen. Hatte ich schon gesagt, dass wir nicht mehr zusammen sind?

Das kommt davon, wenn man sich opfert. Dabei konnte ich ja wirklich nichts dafür. Es war halt ein Versehen, wie es jedem Mal passiert. Auch an den Spritdiebstählen auf dem Weg nach Portugal bin ich schuldlos. Ich gebe zu, wir haben auf der ganzen Strecke kein einziges Mal an einer regulären Tankstelle getankt. Stattdessen schlichen sich Jones, Olli, Albert oder Ronnie nachts mit dem Kanister raus und zapften Diesel für unseren Ford Transit aus LKWs oder Baggern. Aber ich war nie dabei. Ich habe das abgelehnt. Nicht aus Angst, nein, ich war dagegen, weil ich es nicht in Ordnung fand, dass reiche deutsche Bürgersöhne armen portugiesischen LKW-Fahrern den Diesel stehlen. Zugegeben, ich wusste nicht, ob die LKW-Fahrer ihren Sprit selbst bezahlen mussten. Und sicher: Wären die vier erwischt worden, hätte man sie fürchterlich verprügelt. Deswegen behaupteten sie ja auch, ich hätte bloß aus Schiss nicht mitgemacht.

Ich habe das dann widerlegt, als wir zurück in Bielefeld waren. Da fuhr ich mit meinem Sparkäfer hin und wieder auf Parkplätze und saugte auch aus fremden Tanks. Das war nicht schwer, denn damals waren die meisten Tankdeckel noch nicht abschließbar, vor allem bei den billigen Autos. Ich klaute das Benzin allerdings nicht, um mich zu bereichern. Es ging nur darum zu beweisen, dass ich das kann. Ich hätte den Sprit auch wieder weggekippt, wenn das nicht die Umwelt belastet hätte. Nee, streichen sie das. Das war jetzt gelogen.

Die Frage aber bleibt: Was ist das überhaupt, ein Verbrechen? Das Verbrennen einer Deutschlandfahne in einer Bundeswehrkaserne? Nein, ich leugne nicht, dass ich das gemacht habe. Erst den gelben Streifen unten abgerissen, später die Fahne aus dem Fenster gehalten und angezündet. Nach dem Gesetz ist das Verunglimpfung des Staates und seiner Symbole. Nach dem Gesetz habe ich auch mehrmals Hausfriedensbruch begangen, das waren die diversen Hausbesetzungen. Einmal war auch Landfriedensbruch dabei. Landfriedensbrecher – das klingt großartig, als ob man es geschafft hätte, ganz Deutschland in Aufruhr zu versetzten. Dabei ging es nur um irgendwelche RAFler, die im Hochsicherheitstrakt in Ummeln saßen. Da sind wir rausgezogen und haben vor den Betonmauern ein bisschen Krach gemacht. Keine Ahnung, was der Anlass war, aus Solidarität eben. Man hat uns dann alle eingesammelt, ins Polizeipräsidium nach Bielefeld verfrachtet und dort erklärt, wir hätten den Landfrieden gebrochen. Deshalb wurden wir auch der Reihe nach erkennungsdienstlich behandelt, so wie richtige Verbrecher, mit Fotos von vorne und im Profil, an denen Nummern dran waren.

Der Polizist, der mich ED-mäßig in der Mache hatte, zählte aber erstmal alle meine Narben. Die unterm Kinn, die in den Augenbrauen, an den Schläfen, auf der Nase. Das hörte Antje, die im Nebenzimmer saß, und auch gerade durchkatalogisiert wurde. Als wir wieder draußen waren, sagte sie: »Hey. Ich habe gar nicht gewusst, dass du so viel Narben hast. Irre, oder? Dabei sind die doch alle im Gesicht.« Antje war ziemlich blond und niedlich und eine linksradikale Feministin oder feministische Linksradikale, so was in der Richtung. Aber das mit den Narben klang bewundernd. Ich dachte, wenn ihr die gefallen, kriege ich sie vielleicht auch ins Bett. Aber mir fiel nicht ein, wie ich strategisch weiter machen sollte. Und jetzt ist wirklich Schluss damit.

Denn dass ich gegen die Gesetze verstoßen habe, von der Polizei festgenommen wurde, Anzeigen kassierte usw., beweist gar nichts. Das waren keine Verbrechen, das war Lifestyle. Hausbesetzen, Landfriedenbrechen und den Staat verächtlich machen sind die Funsportarten der Siebziger und Achtziger gewesen, also das, was heute Paragliding, Kitesufen oder Extrembügeln heißt. Das ist ja auch nicht kriminell, obwohl es fast immer so aussieht.

Wie absurd es aber ist, all jene Akte, auf die Strafen stehen, als Verbrechen zu begreifen, beweist das schlimmste »Verbrechen« meines Lebens; vorausgesetzt man versteht unter dem schlimmsten das mit der höchsten Strafe bewehrte. Ich verübte es vor ein paar Jahren in Singapur. Da wurde ich ein paar Mal in Oralverkehr verwickelt, was damals in diesem Staat mit lebenslänglichem Gefängnis bestraft werden konnte. Für mich ist das allerdings kein Grund, Lecken oder Blasen in mein persönliches Strafgesetzbuch aufzunehmen. Die einzigen Verbrechen, die ich gelten lasse, sind Mord, Totschlag, Körperverletzung, Betrug, Vergewaltigung, Brandstiftung und Diebstahl. Keines davon habe ich je begangen. Und auf der Stelle sollen meine Hoden wie einst die von Jost Burgmann schmerzen, sollte das nicht die Wahrheit...

Okay, ich habe einmal »gestohlen«. Das war am 13. Juni 1982, und zwar das Buch »Einführung in die Sozialpsychologie« in der Buchhandlung Phoenix am Jahnplatz in Bielefeld, aus dem zweiten Regal von links in der Sachbuchabteilung im ersten Stock. Ich hatte allerdings fest damit gerechnet, dass man mich erwischen würde, weshalb auch in meiner linken Parkatasche eine zehnseitige Verteidigungsrede steckte: Ein flammendes Manifest, in dem ich Bildung und kostenlose Bücher für die Armen, Schwarzen, Braunen und Gelben forderte.

Soll sich denn, so wollte ich dem Staatsanwalt entgegenschleudern, der Stahlschmelzer dieses Fachbuch nach Feierabend selber schreiben? Oder soll man ihm nicht lieber die dringend benötigte sozialpsychologische Studie kostenfrei überlassen? Ich war fest davon überzeugt, dass mich das Gericht nach diesem ergreifenden Plädoyer nicht nur freisprechen, sondern auch noch zu meiner Tat beglückwünschen würde. Und dann wurde ich einfach nicht erwischt. Das war Pech, aber kein Diebstahl.

So, Euer Ehren, Sie haben selbst gesehen, dass ich nichts getan habe, was man im weitesten Sinne als Verbrechen oder Vergehen bezeichnen könnte. Jetzt muss ich aber wirklich weiter. Wie, das geht nicht? Sie sind immer noch nicht durch mit mir? In der Anklageschrift... Dieser Wisch da? Darf ich mal lesen? Ach Gottchen: 52 eingeschlagene Laternen zwischen 1971 und 1975, 12 abgebrochene Mercedessterne, 23 beim Drüberlaufen beschädigte parkende Autos, 17 abgetretene Seitenspiegel. Das ist nun wirklich Kinderkram. Ich war besoffen, vertrug die Dunkelheit nicht, mir wurde wehgetan, der Fürst der Finsternis führte mich spazieren.

Der hat mir übrigens auch das hier gegeben. Nein, sie können es ruhig in die Hand nehmen, das ist nur ein Abzug. Erkennen Sie's? Genau: Das ist ein Foto ihrer Mutter. Aufgenommen 1978 in Porta Westfalica, beim »Umsonst & Draußen«-Festival. Ja, das ist ein großes Schlammloch rechts neben der Bühne, und das sind Lebensmittelfarben auf den Brüsten, sonst gar nichts... Alles klar? Na dann, tschüss, Euer Ehren. Wir sehen uns sicher wieder, spätestens beim jüngsten Gericht.

Meine DDR

Zum ersten Mal drüben (33 Jahre)

WIR HATTEN AN DER AUTOBAHNTANKSTELLE Bad Hersfeld zwei Theologiestudenten mitgenommen, die auch nach Leipzig wollten. Sie wohnten da. Sie waren auf dem Rückweg aus Rumänien, aus der Stadt, die auf Ungarisch Temesvar heißt und auf Rumänisch Timisoara. Kurz vorher war da noch geschossen worden, und die ganzen Meldungen spukten sofort durch meinen Kopf: Massaker, Tausende von Toten, Securitate, Ceausescu-Regime. Wie so oft in unseren Zeitungen war vieles davon gelogen. Später stellte sich heraus, dass man längst verweste Leichen auf dem Friedhof ausgegraben und einfach zu den Toten dazugezählt hatte, die bei dem Aufstand wirklich umgekommen waren. Noch später stand ich mal in der Karpartenstadt Sibiu vor einem Mahnmal für die lokalen Revolutionsgefallenen. Da hatte jemand »Jim Morrison« dazugeschrieben. Einfach, weil der auch tot ist. Das aber war wirklich sehr viel später. Und lustig wenigstens.

Die Leipziger Theologiestudenten hatten keine Leichen gesehen. Sie waren aber die ersten Zonis, die ich kennen lernte. Also, die ersten, die auch wirklich in der Zone wohnten, nicht solche, die rübergemacht hatten in den Westen, und hier Alkoholiker wurden oder Drücker. Von denen kannte ich ein paar. Mir fiel sofort auf, dass sie neue, echte Lewis trugen. So wie ich. Uns hatte man immer erzählt, wie dreckig es denen in der Zone geht. Und die hier konnten sich dieselben Hosen leisten. Wir verstanden uns auch schnell ganz gut. Der eine bot uns an, in seiner Wohnung zu übernachten. Als wir ankamen, steckte das neue *Neue Deutschland* im Briefkasten. Der Theologe wunderte sich über das veränderte Layout und die neue Typographie: »Guck dir das an. Jetzt machen sie einen auf *Süddeutsche*, die Gauner.«

Abends gingen wir ohne die Theologiestudenten auf die Demo. Es war die letzte oder vorletzte Montagsdemo überhaupt. Ich hatte da schon seit Monaten hingewollt, weil ich mir mal eine Revolution angucken wollte. Aber bis Anfang 1990 brauchte man noch ein Visum für die DDR, und mit einem Visum wollte ich nicht zum Revoluzzen. Jetzt war Februar, und sie wollten nur noch einen Reisepass. Das war okay. Zig kleine Hitlers waren auch gekommen und bellten mit oder ohne Megaphon in die Dunkelheit hinein.

Eine Gruppe von fünfzig Leuten stach aus der Menge. Sie trugen alle schwarz-rot-goldene Fahnen, die in der Mitte einen auf dem Kopf stehenden Weihnachtsbaum zeigten. Die Fahnen hatte ein Rentner aus Hessen entworfen, der auch selbstverfasste und gereimte politische Pamphlete verteilte. Der Weihnachtsbaum war sein Vorschlag für das neue Nationalwappen des kommenden Gesamtdeutschlands, und jeder stilisierte Zweig symbolisierte irgendwas. Auf den gereimten Flugblättern hatte der Rentner auch versprochen, unter allen Weihnachtsbaumfahnenträgern ein paar West-Kühlschränke zu verlosen. Damit hatte er diese Gestalten um sich versammelt. Sonst überwog pures Schwarz-Rot-Gold.

Die Montags-Demo-Redner sprachen vom Balkon der Oper. Erst kam eine Frau, die sich mit Jammerton über das Design der Ostschuhe beschwerte: »Es steht immer noch der alte Krempel in den Regalen vom HO.« Ein von Helga Zepp-LaRouche bezahlter schwarzer Prediger aus den USA machte mit dröhnendem Bass Martin Luther

King nach: »The tööm is now. I have a dröom.« Ein Mitglied des »Neuen Forums« wurde für seine Vollbartideen ausgebuht. Die Menge auf dem Platz sang das Deutschlandlied. Ein paar Leute bekamen was aufs Maul. Sie hatten es gewagt, auf selbst gemalten Schildern Bedenken gegen die Marktwirtschaft zu äußern.

Ich staunte. Ich hatte noch nie in meinem Leben so viele hässliche Menschen auf einem Haufen gesehen. Lauter Deix-Fressen, dazu ganz grau und bleich. Ich hatte mir Revolutionäre immer als schöne Menschen vorgestellt, aber das hier war eine Freakversammlung. Ich fotografierte alles und nahm die Sprechchöre auf Kassette auf. Das glaubt dir sonst keiner, dachte ich. Nachts spielte ich dem Theologiestudenten die Kassette vor. Er war ein Regimegegner der ersten Stunde, *Neues-Forum*-Sympathisant und alles, und vor der Rumänien-Reise war er selbst auf den ersten Montagsdemos mitmarschiert. Was er jetzt hörte, konnte er nicht fassen. Wir lauschten dem Band und lachten uns scheckig. Der Theologe begann zum ersten Mal zu zweifeln: »Was ist das für ein Gott, der so etwas Doofes zulässt?«

Am nächsten Morgen gingen wir in die Innenstadt. Die Fußgängerzone war verstopft mit eilig zusammengezimmerten Hütten und Verkaufständen. Aus allen Weltgegenden waren Händler zusammengeeilt, um den Leipzigern Sachen zu verkaufen, die sofort nach dem Kauf zu Dreck zerfielen.

Als Westler konnte ich das den Waren ansehen: »Ich bin Scheiße«, stand dick drauf. Die Zonis aber waren wie blind und kauften trotzdem. Sie schienen allesamt enorm viel Geld zu haben. Ich ging in die »Blechbüchse« – DDR-Kaufhäuser hatten immer solche Volksmundnamen – und kaufte NVA-Spielzeugsoldaten, DDR-Papierfähnchen, die letzten DDR-Eierbecher und interessant designte Haushaltswaren, für die man heute eine Schweinegeld verlangt. Vor einer Buchhandlung wühlte ich in einer Kiste voller Bücher und stopfte mir die Taschen voll.

Die Bücher wurden weggeschmissen, weil was drin stand, was den Leuten nicht mehr passte.

Abends fuhren wir in Wohnzimmerkneipen, die es damals in der ganzen Stadt gab, in Gründerzeitvillen und in dunklen Mietshäusern aus dem letzten Jahrhundert. Die Straßen sahen so aus wie in Wien zur Zeit Arthur Schnitzlers, und das Kopfsteinpflaster wurde wirklich gebraucht. Das heißt, es war nicht bloß zur Dekoration da wie in den westdeutschen Fußgängerzonen, die die Nazis in den sechziger und siebziger Jahren angelegt hatten. Wir nahmen eine der unzähligen Straßenbahnen, die immer genau dahin ratterten, wo man hinwollte. Wir setzten uns in ein halblegales Restaurant, aßen große Portionen Schweinebraten mit dickem Speckrand, Soljanka, Setzei, Dampfkartoffeln und sauer eingelegten Kohl. Dann zogen wir von Kneipe zu Kneipe und tranken Schnaps und Bier. Das alles kostete praktisch überhaupt nichts. Auf dem Rückweg winkten wir ein Schwarztaxi ab. Das war das erste Mal, dass ich in einen Trabbi stieg. Ich fand es ein sehr bequemes Auto, besonders gut für Kopfsteinpflaster geeignet. Der Schwarztaxifahrer nannte beim Einsteigen keinen Preis. Nur zum Schluss sagte er: »Wie viel ihr gebt, liegt bei euch.« Wir sahen den Theologen fragend an. Der nickte. Wir zahlten sechs Mark und dachten: Da ist er, der Kommunismus.

In diesem Februar gab es in Leipzig Sonnenuntergänge, wie ich sie noch nie in unseren Breiten sah. Jeden Abend sank eine riesige Sonnenscheibe auf Dächer und Straßen und setzte die Stadt in Brand. Man sagte uns, das läge an der Luftverschmutzung. Wir fuhren raus, und guckten uns die Kohlekraftwerke an, die die Luftverschmutzung machten. Es war phantastisch. Vor einem Kraftwerk verschwand unser Golf in riesigen Abgasschwaden, die über die Straßen fegten. Manchmal rissen die Wolken für einen Augenblick auf. Dann konnte man weit hinten in der Steppe Mongolen auf kleinen zähen Ponys reiten sehen und jagen. Mongolen! Man musste nur genau hinsehen.

Auf dem Rückweg hielten wir immer wieder in Dörfern an. Wir bestaunten die großen Gärten. Die Wege waren noch mit Kies oder Sand bedeckt, der Wegesrand wurde markiert von alten, in den Boden gesteckten Flaschen oder kurz geschnittenen Buchsbaumhecken. Wir betasteten echte Fliederbüsche und Holundersträucher. Ab und zu glaubten wir den Duft von reifen Johannisbeeren zu riechen, obwohl doch Winter war. Wir stoppten ein paar hundert Meter vor dem Ortseingangsschild von Leipzig und versuchten uns einzuprägen, wie das Weichbild einer Stadt ohne Autohäuser aussieht, ohne Waschanlagen und Möbeldiscounter.

Diese Welt war wie ... wie der Schluss des Stücks »I want you (She's so heavy)« auf »Abbey Road«, wo man beim Hören immer berauschter wird und denkt, das soll jetzt nie mehr aufhören, das hört jetzt auch nicht mehr auf, und in dem Moment, in dem man das wirklich glaubt, ist plötzlich Schluss. So plötzlich hörte auch die DDR auf. Erst wenn in späteren Generationen das Denken wieder einsetzt, wird man begreifen: Nie war die Welt größer, als die Mauer noch stand. Im Westen und im Osten. Und als die Mauer aufging, weitete sie sich noch einmal für ein paar Monate. Seitdem schrumpft sie wieder.

Der Vergleich stimmt natürlich nicht, wie ja eigentlich Vergleiche nie stimmen. Die DDR hörte gar nicht so abrupt auf. Sie wurde langsam ausblendet. Ich fuhr noch ein paar Mal nach Leipzig. Ich hatte da mit einem Mal ganz viele Freunde. Einer war der Zensor. Das war der Mann, der noch kurz zuvor die beiden Leipziger Kabarettbühnen zensiert hatte, im Auftrag der Partei. In seinem Haus feierten wir große Partys. Wir hörten alte Kinks-Platten und der Zensor zeigte uns Videos von Leuten, die er für gute Komiker hielt. Einer war Harald Schmidt. Von dem hatte ich vorher noch nie gehört. Deshalb glaubt irgendwas in meinem Halbbewusstsein bis heute, dass Schmidt aus Leipzig kommt. Oder aus der mongolischen Steppe.

Auf eine dieser Partys brachte ich dann einmal den Theologiestudenten mit. Ich dachte, den alten Regimegegner könnte interessieren, wie die Leute so sind, die ihn jahrelang unterdrückt hatten. Und wie sie feiern. Es interessierte ihn. Wir waren beide schwer beeindruckt von einem Mann, der bei dem Zensor auf dem Sofa saß. Er hatte einen extrem langen Hals und einen riesigen Adamsapfel, sah aus wie ein Storch ohne Schnabel, und konnte sehr gut Erich Honecker imitieren. »Deusche Demograasche Rebbebliieg«, kiekste der Storch, und wir lachten. Er war bei der Stasi gewesen, und zwar als OM, als Offizieller Mitarbeiter. Wir Westler wussten gar nicht, dass es so was gab. Wir glaubten ja, die ganze Stasi hätte nur aus IM bestanden. Der Storch wurde jetzt wegen seines alten Jobs von allen Leuten geschnitten. Ich aber mochte ihn sehr gern. Mein Plan allerdings, den Theologen, den Stasi-Mann und den Zensor zu versöhnen und so eine ganz neue gesellschaftliche Front zur Rettung der DDR zu eröffnen, ging nicht auf.

Immer wenn wir jetzt in Leipzig waren, gingen wir beim Zensor ein und aus. Im letzten DDR-Sommer saßen wir in seinem Garten, grillten und tranken. Die Zensor-Kinder waren noch ein letztes Mal im Pionierlager an der Ostsee. Wir lagen uns alle in den Armen und tauschten Bruderzungenküsse aus. Einer von uns, ein berühmter Dichter, schrie in dieser Nacht immer wieder: »Zensorfrau, ich will mit dir das Trikot tauschen. Zensorfrau, ich will deine Brüste sehen.« Am nächsten Nachmittag lagen wir am Strand einer der großen Tagebauseen. Wir waren nackt, so wie die anderen hunderttausend Badegäste. Fünfzigtausend nackte Frauenbrüste reckten sich der Sonne entgegen, auch die der Zensorfrau. Damals gab einem Leipzig alles, wonach man irgendwie verlangte.

Ich glaube, es war im Spätherbst, kurz nach der Einheit. Die Stadtmöblierung war jedenfalls schon im vollen Gang. Überall wurden jetzt die gleichen Straßenbahnhaltestellen aufgestellt, die gleichen Klos, Zäune, Reklameschilder. Uns hatte man beigebracht: Die Kommunisten machen alles gleich. Jetzt sahen wir, dass es der Kapitalismus machte. Wir saßen mit dem Zensor am Stammtisch im »Mixer-Keller«, der Kneipe der »Akademixer«-Kabarettisten. Der Zensor hatte jetzt einen Elektronik-Shop und verkaufte hauptsächlich Satellitenschüsseln. Selbstverständlich waren wir besoffen. »Bist du eigentlich noch in der Partei«, fragte ich laut über den runden Tisch. Der Zensor sah mich böse an. »Ich will wissen, ob du noch in der Partei bist«, schrie ich durch den Laden. »Ist das ein Problem?« »Pssst«, zischte der Zensor und starrte auf den Tisch. Später stellte er mich zur Rede. »Klar, bin ich noch. Braucht aber nicht jeder wissen. Glaubst du, ich habe es hier nicht schon schwer genug?«

Ich ging also lieber mit dem Storch und seinem Freund auf den Landesparteitag der Partei, die jetzt einen neuen Namen hatte. Ich war enttäuscht. Die Leute hier sahen genauso scheiße aus wie die Demonstranten auf meiner ersten Montagsdemo. Es gab auch keine guten Redner. Ich schrieb in mein Notizbuch: »Untergang der DDR. Schlecht aussehende Leute, die nicht reden können, stürzen schlecht aussehende Leute, die nicht reden können. Sinnlos.« Ich hatte gehofft, dass der Storch mit einer seiner großartigen Honeckerparodien auftreten würde. Er tat es nicht. Dafür redete André Brie mit bösem Lehrergesicht pragmatisches Zeug. Ich langweilte mich zu Tode. Ich ging nach draußen und kaufte mir im Foyer eine vier Meter lange DDR-Fahne aus Kunststoffgewebe für 20 Mark. Zu Hause legte ich sie sorgfältig zusammengefaltet in den Küchenschrank. Ich nahm mir vor, die Fahne aus dem Fenster zu hängen, wenn die DDR wiederkommen sollte. Die DDR, die ich 1990 in Leipzig kennen gelernt hatte.

Diese DDR kam nicht wieder, überhaupt keine DDR. Auch der Weihnachtsbaum kam nicht auf die deutsche Fahne. Er hätte eigentlich ganz gut gepasst. Der Rentner, der ihn erfunden hat, ist wahrscheinlich längst tot. Der

Theologiestudent verlor seinen Glauben an Gott, zog nach Berlin und wurde Journalist. Ich verlor den Glauben an die Wiederkehr meiner DDR und zog auch nach Berlin. Der Zensor verlor den Glauben an die Zensur. Er blieb in Leipzig und rief eine Lachmesse ins Leben. Hier konnte sich von nun an jeder über alles lustig machen. Das aber war egal, weil ja sowieso keiner mehr an was glaubte.

Ich fuhr dann irgendwann noch mal nach Leipzig. An den Ausfallstraßen standen jetzt Autohäuser, Auto-Waschanlagen und Discount-Möbelhäuser. Ich stellte mich an den Stadtrand und versuchte mich zu erinnern, wie es früher ausgesehen hatte. Es ging nicht, das ganze Einprägen hatte nichts genutzt.

In der Spaßhölle

Zum ersten Mal Comedysöldner
(43 Jahre)

Antiinferno

DAS PROJEKT WAR STRENG GEHEIM. Nur ein paar Leute durften davon wissen. Matthias, Herr X, Schrecki, das Pferd und wir drei. Und natürlich der Vokler. Der hatte uns von Anfang an eingeschärft: »Pssst, Männer, kein Wort zu niemanden. Vor allem in Köln darf nichts durchsickern.« Eigentlich hieß der Vokler Volker, aber Terrance hatte ihn gleich am Anfang umgetauft. Terrance fand das lustig. Und Phillip und ich auch.

Vokler war Comedyredakteur und ein feiner Kerl, der gerne lächelte. Er war es, der uns für das Projekt nach Köln geholt hatte. Zuerst hatte er uns nur von Matthias erzählt: »Der Matthias ist mein Freund. Eine echte Type und ein großer Fernsehproduzent. Er wohnt die meiste Zeit auf Mallorca. Er hat genug Geld und wollte eigentlich nie mehr arbeiten. Doch jetzt ist er wieder dabei. Wegen der Herausforderung. Weil wir was ganz Neues machen wollen. Was Revolutionäres. Was es in der Fernsehgeschichte noch nie gegeben hat.«

Ich hatte nichts davon geglaubt, denn das ist es, was sie einem immer erzählen: »Alles erlaubt! Nichts verboten! Radikaler als Monty Python!« Und später ist es dann wieder irgendwas mit Sissi Perlinger. Doch irgendwann kam der Vokler mit den Details rüber. 15000 Mark für sechs Wochen Comedyschreiben. Eine schöne Stange Geld. Auch Terrance und Phillip hatte er so rumgekriegt.

Erst als wir den Vertrag unterschrieben hatten, erzählte Vokler von Verona F. Auch sie war Teil des Geheimprojekts. Das heißt: Eigentlich drehte sich alles um sie. »Es geht darum«, sagte Vokler, »Formate zu entwickeln, die Verona auf den Leib geschneidert sind.« Ungefähr so drückte er sich aus. Die Firma war also letztlich eine Verona Inc. Natürlich konnte man sie nicht so nennen; es war ja alles streng geheim. So hieß sie datum fatum. Das sind so Namen von Comedyfirmen. Ich habe mal gelesen, dass da einer an der französischen Atlantikküste rumläuft, mit einem Lateinwörterbuch unterm Arm, und sich diese Namen ausdenkt. Immer nur rauf und runter zwischen Arcachon und Dingens. Und für jeden Namen bekommt er einen Sack voll Geld.

Wir waren also Comedysöldner für Verona F. Die Jüngeren hatten Skrupel: »Eher uncool, diese Frau.« Mir waren solche Einwände fremd. Ich denke in solchen Situationen immer: Man muss alles einmal erlebt haben. Und dann ein Buch darüber schreiben. Ein Buch über den deutschen Comedybetrieb. Ohne zu übertreiben, ohne Groll, aber auch ohne jemanden zu schonen, auch nicht mich selbst. Ich habe das Buch nie geschrieben. Das ist bedauerlich. Aber dafür gibt es ja jetzt diese Geschichte. Und: Ich habe Dias gemacht, damals im Januar und Februar 2000. Es sind Bilder aus einem anderen Leben.

Leider gibt es kein Foto von dem Moment, in dem uns Vokler das größte Geheimnis des Kommandounternehmens mitteilt: »Wir planen als erstes eine Sitcom. Eine ganze Fernsehserie. Das Neue: Wir haben einen deutschen Ansatz, die Idee ist also nicht wie sonst aus den USA, aus England oder Australien geklaut. Und das ist der Plot: Schneewittchen und die sieben Zwerge leben heute, also in der modernen Welt. Verona soll das

Schneewittchen spielen, klar. Die Zwerge aber wollen wir mit deutschen Comedians besetzen.« So sah sie also konkret aus, die Revolution.

»Psst, Männer, kein Wort zu niemanden.«

Wirklich schade, dass das Bild nicht existiert. Ich würde unsere Gesichter gerne heute noch mal sehen. Es gibt aber ein Dia von unserer Ankunft in Köln. Der Himmel ist blau, es scheint frostig kalt zu sein und Terrance und Phillip stehen in schwarzen Schurwollmänteln und mit Aktentaschen in den Händen vor einem postmodernen Glaspavillon und grinsen. Die Mäntel und die dunklen Anzüge darunter waren unsere Uniformen, der Pavillon war unser neuer Arbeitsplatz. Er liegt an einer Straße, die Hasenkaule heißt, in Hürth, einem Kölner Vorort. Rechts vom Pavillon stehen die Studios der MMC – der »Magic Media Company«. Hier wird bis heute das meiste deutsche Comedy-Zeugs gedreht.

Die MMC gehörte damals einem Herrn X. Dieser Mann war so etwas wie der Pate des ganzen Geheimprojekts. Neben Verona und Matthias hatte er auch Geld in datum fatum stecken. Ich vermute mal, es war das meiste. Herr X hatte vor Zeiten als Kranbauunternehmer angefangen; Kräne für den Bau. Später baute er auf seinem Firmengrundstück die MMC-Studios. Auch der Pavillon gehörte ihm. Auf dem Flur hing ein großes Ölgemälde. Kräne waren darauf zu sehen, gemalt im Stil des kapitalistischen Realismus.

Der Vokler sagte: »Männer, Herr X ist nicht irgendeiner. Er ist der reichste Mann Deutschlands. Er sammelt alte Sportwagen wie andere Leute Briefmarken und kommt mit dem Hubschrauber zur Arbeit.« Wie zum Beweis kam gerade ein Hubschrauber eingeschwebt und landete hundert Meter entfernt auf einem Parkplatz. Das war also unsere neue Welt. Auch Herr X kriegte von uns einen neuen Namen. Von Stund an hieß er nur noch »Der reichste Mann der Welt.«

An unserem ersten Tag bekamen wir unser Büro im

Pavillon zugewiesen. Vokler führte uns rum: »Männer, das ist hier die Kommandozentrale. Da vorne ist mein Büro, daneben das von Matthias. Hier sitzen unsere beiden Sekretärinnen« – für uns hießen sie bald nur noch Schrecki und das Pferd –, »und dahinten in dem Flügel ist das Büro von Herrn X.« Dann überließ er es Schrecki, uns mit unserem Büro vertraut zu machen. Es war ein Glaskasten, von allen vier Seiten einsehbar. Ein Fernseher stand drin, ein Schreibtisch, ein Rechner und drei Stühle. »Passt drauf auf«, sagte Schrecki. »Sie haben pro Stück sechstausend Mark gekostet.«

Am Nachmittag empfing uns Matthias. Der Mann war eine Enttäuschung, einfach deshalb, weil er keine Überraschung war. Er hatte ein Hundegesicht und trug am Hinterkopf einen kleinen Künstlerpferdeschwanz. Bei der Begrüßung versuchte ich einen Witz: »Ich finde es toll, endlich mal für eine Produktion zu arbeiten, die im Geld schwimmt.«

Matthias begriff die Ironie nicht. »Falsch. Ich habe immer mit kleinem Geld gearbeitet. Ich sage es euch gleich: Von Comedy habe ich keine Ahnung. Aber ich habe 5000 Gameshows produziert. Ich weiß, wie die Torfköppe da draußen ticken. Merkt euch das.« Ich schrieb das Wort »Torfköppe« in meinen Block und unterstrich es doppelt. Dann waren wir für diesen Tag fertig.

Wir fuhren in die Kölner Innenstadt. Hier sollten wir die nächsten sechs Wochen wohnen, in einer schönen Doppelhaushälfte; Schrecki hatte sie über die Mitwohnzentrale für uns angemietet. Das Haus lag in der Heinestraße. Es hatte einen großen, etwas verwahrlosten Garten, der an das Verbindungshaus des »Corps Hansea« grenzte. Es war eine von diesen besseren Gegenden, wie sie früher von der RAF für konspirative Wohnungen bevorzugt wurden. Mir schien das Haus ideal für unsere Geheimprojektwohngemeinschaft. Auch Phillip mochte es: »Unser Haus«, sagte er, als wir an der Gartenpforte standen. »Das haben wir uns verdient.«

Wir schlossen die Wohnungstür auf und betraten ein großes Wohnzimmer mit gewaltigen Fensterfronten zum Garten hin und zur Straße. Die meisten Möbel hatte der Vermieter dagelassen. Sofa, Couchtisch, Bücherregal, Betten. Im ersten Stock gab es noch einmal drei Zimmer, die wir gleich verteilten. Terrance nahm das mit Plüschtieren vollgestopfte Kinderzimmer. Phillip bekam ein Kabuff daneben, ich das Elternschlafzimmer mit einem großen Doppelbett. Dieses Haus war also neben dem Büro in Hürth der zweite Schauplatz, an dem sich in den nächsten sechs Wochen die Ereignisse überstürzen sollten – Ereignisse, die wir viel später nur noch »diese Dreckszeit« nennen würden oder einfach: »Köln!«

An diesem ersten Abend war von irgendwelchen Widrigkeiten nichts zu spüren. Ein Dia zeigt Terrance und Phillip im Wohnzimmer. Sie sitzen sich an ihren frisch gekauften Laptops gegenüber. Es waren haargenau die gleichen Modelle. Sie hatten sie sich kurz vor Köln geholt, weil sie ein so geiles Design hatten – und dazu Infrarotschnittstellen. An diesem Abend wollten die beiden zum ersten Mal per Infrarot irgendwelche Daten übertragen. Man sieht auf dem Foto natürlich nicht, dass es schon seit drei Stunden nicht klappte. Man kann auch nicht erahnen, dass sie sich in den nächsten Tagen weiter mit dem Infrarotproblem beschäftigen würden, begleitet von Geschimpfe, Gebrassel und Gefluche. So lange, bis ich schrie: »Hört endlich auf mit eurem Scheiß-Infrarot.« Doch das war schon in der nächsten Phase.

Höllenkreis der Sekretärinnen

Im Rückblick lassen sich nämlich die sechs Wochen grob in drei Phasen unterteilen, die ich hier mal salopp Höllenkreise nennen will, in Anlehnung an irgendwas. Der erste Höllenkreis war eigentlich noch ganz lustig; er hat sich seinen Namen also kaum verdient. Den zweiten

Kreis kann jeder, der das will, auch spaßig finden. Was aber im dritten Höllenkreis passierte, das sei dem Leser hier versichert, war wirklich kaum mehr zu ertragen: Man könnte ihn auch den »Höllenkreis der Superscheiße« nennen, wenn er denn nicht schon anders heißen würde.

Im ersten Kreis ließ es sich deshalb so gut aushalten, weil wir im Pavillon ein paar echte Feinde hatten. Feinde (Islam, Bill Gates, die Chinesen) sind immer gut, man kann ihnen alles in die Schuhe schieben. Feind Nummer Eins war die Luft in der Hürther Kommandozentrale. Sie war überheizt und staubtrocken und zwang uns gleich am ersten Arbeitstag auf den Teppichboden. Statt am Computer zu sitzen und zu schreiben, hockten wir dort halbbetäubt herum und stierten mit brennend roten Augen aus dem Fenster. Manchmal schliefen wir auch ein.

Einen noch furchtbareren Feind aber hatten wir in den Sekretärinnen von Herrn X, ein Trupp älterer Damen mit Betonfrisuren. Wir fanden bald heraus, dass sie die eigentlichen Herrscherinnen des Pavillons waren. Trotz ihres fortgeschrittenen Alters liefen sie in kurzen Röcken und schwarzen Nylonstrümpfen herum. So furchtbar sie in ihrer Kostümierung aussahen, so wenig konnten sie uns leiden. Wir waren Eindringlinge im Pavillon, Fremde im Kranbauunternehmen, die ihnen dazu noch ein Bürozimmer genommen hatten. Schon bei den ersten Begegnungen im Flur warfen sie uns böse Blicke zu. Sie warteten nur darauf, das abgetretene Büro zurückzuerobern.

Die erste Gelegenheit, es uns zeigen, kam schnell. Die Sekretärinnen hatten beobachtet, wie wir in unserem Glaskasten auf dem Boden herumlümmelten. Kurzerhand schickten sie uns Vokler auf den Hals: »Männer, traurige Mitteilung: Auf dem Boden rumliegen ist ab sofort verboten. Es haben sich da welche beschwert. Ich weiß: Comedy-Autoren müssen manchmal anders sein. Sie müssen herumliegen und dann wieder aufspringen und ganz laut schreien: Ich hab's. Aber das hier ist ja eigentlich keine Comedy-Firma, sondern ein renommiertes

Kranbauunternehmen. Und das kann sich so etwas nicht leisten.«

Was der Popler eigentlich machte, war uns anfangs nicht klar. Das war ein Mann so Mitte Dreissig, in weißem Hemd und dunkler Anzugshose, der neben unserer Zelle in einem anderen Glaskasten saß. Selten sahen wir ihn bei der Arbeit, gelegentlich telefonierte er. Meistens surfte er im Internet, um Pornoseiten aufzuspüren, wobei er in der Nase bohrte. Später erzählte uns irgendjemand, der Popler sei der Sohn eines Geschäftspartners des reichsten Mannes der Welt. Der hätte ihn aus Gefälligkeit eingestellt – als Boss einer Go-Kart-Bahn, die auch zum weit verzweigten Xschen Konzern gehörte.

Der Popler saß praktisch den ganzen Tag allein an seinem Schreibtisch. Nur ab und zu besuchte ihn ein Mann mit dunklen Haaren. Jedes mal begrüßte ihn der Popler erfreut mit Handschlag. »Wenn Du wüsstest«, dachten wir. Dann stellte er dem Dunklen seine Lieblingspornoseiten vor. Auf einer galt es, mit Hilfe der Maus einen Vibrator in Frauen einzuführen. Glückte es, zappelten die Frauen ein bisschen rum.

Ich war mir sicher, dass ich den Dunkelhaarigen schon mal gesehen hatte. Nicht nur im Foyer des Pavillons, wo er oft stundenlang herumsaß und in der *Hürther Woche* blätterte, sondern irgendwo im Fernsehen, vor einigen Jahren. Ich fragte den Vokler nach seinem Namen: »Ach, das ist der Nino.« »Echt? Nino de A.? Jenseits von E.? Was macht der denn hier?« »So genau weiß ich das auch nicht. Ich glaube, Herr X hat was mit ihm vor.«

Der Popler, die Sekretärinnen, Nino, Herr X und die datum-fatum-Leute, das war die ganze Pavillon-Besatzung. Nur eine fehlt hier noch, doch die kam und kam nicht. Vokler kündigte uns zwar jeden zweiten Morgen Veronas Erscheinen an: »Männer, heute Abend.« Das ließ uns auch jedes Mal das Büro lüften. Doch jeden zweiten Nachmittag gab er Entwarnung: »Männer, heute nicht. Ist was dazwischen gekommen.«

So begannen wir, uns die Wartezeit irgendwie zu vertreiben. Ich beobachtete den Popler durch die Glasscheibe genau und notierte mir seine Vorlieben im Notizbuch: »Heute Vollbusige und Behaarte.« Gleichzeitig passte ich auf, dass die Sekretärinnen nicht spitz kriegten, wie Phillip, den Kopf im Aktenschrank versteckt, weiter auf dem Teppichboden schlief. Terrance saß derweil am Rechner und surfte auf der Homepage der NSDAP-AO. Natürlich war Terrance kein Nazi, sondern bloß ein großes Kind, die beste Voraussetzung zum Comedy-Schreiben. Er hatte sich vorgenommen, das Windows NT-Start-Logo unseres Rechners in ein Windows NS-Logo zu verändern; ich glaube, wegen einer Rechnung, die er mit Bill Gates offen hatte. Dafür brauchte er ein paar Schock Hakenkreuze, SS-Runen und Blutfahnen.

Mittags kam manchmal der Vokler rein und sagte: »Los, Männer, Essen fassen. Auf zu Hardy Remagen.« Dann trotteten wir zu diesem Großschlachter mit angeschlossener Restauration, der direkt neben den MMC-Studios lag. Remagen war so etwas wie die Kantine der Hürther Comedy-Arbeiter. Und wahrscheinlich hatte der Comedy-Betrieb auf den Schlachter abgefärbt. Er warb mit einer lachenden Bratwurst, die er Bratfratz getauft hatte. »Hier gibt es die beste Curry-Wurst Kölns«, sagte Vokler, bestellte aber trotzdem immer Rühreier mit Spinat. Ich aß meistens rheinländisches Zeug wie Sülze mit Wurstebrei, Kassler mit Klopsen oder so was.

Nach dem Essen schlenderten wir zum Pavillon zurück. Oft blieben wir auf dem großen Parkplatz stehen und sahen zum Nachbargebäude hinüber, wo immer ein paar Leute verbrannt oder erschossen wurden. Vokler erklärte uns, dass sei nicht echt: »Das sind Schüler, die in der Stuntschule von Herrn X Stuntman lernen.« Um Vokler eine Freude zu machen, taten wir jedes Mal so, als seien wir ob dieser Auskunft verblüfft. Manchmal, am Nachmittag, arbeiteten wir auch.

Dann kam der erste Freitag im Hürther Pavillon. Er begann recht viel versprechend. »Männer«, begrüßte uns Vokler, »heute müsst ihr zum Matthias rein. Pitchen.« Pitchen heißt auf Deutsch so was wie: Ein Konzept oder eine Idee vortragen. Das sagt man aber in der Fernsehwelt nicht, weil's eben die Fernsehwelt ist und nicht die Volkshochschule. Die Wahl zum Pitcher fiel auf mich.

Ich versuchte die Dürftigkeit unseres ersten Konzeptes durch Improvisation und meine sonore Vorlesestimme wettzumachen: »Also, erst mal: Die Zwerge. Wir haben da den Hip-Hop-Zwerg, den Ecstasy-Zwerg, klar, der ist immer auf Pille, dann Emilio, der liest meistens Kirkegaard und französische Dekonstruktivisten...« Als ich fertig war, schwieg Matthias für fünf Minuten; keine Ahnung aus welchem Handbuch für Führungskräfte er das hatte. Dann sprach er: »Ich würd' mal so sagen: Achtzig Prozent Schrott. Oder anders: Vier minus. Aber: Versteht mich richtig, Jungs. Aus meinem Mund ist Vier minus ein großes Kompliment.« Tatsächlich schien Matthias irgendwie beeindruckt.

Der Freitagnachmittag verlief weniger erfreulich. Vom Pitchen etwas erschöpft, ging ich in unser Büro zurück, legte mich in einen der Sechstausend-Mark-Sessel, nahm die Jalousien-Fernbedienung in die Hand und fuhr die Sichtblenden an unserem Bürofenster rauf- und runter. Das hatte ich in der vergangenen Woche schon öfter gemacht, einfach so zur Entspannung. Doch dieses Mal entdeckte ich was Neues: »Hey, kuckt mal. Mit diesem Knopf kann ich nicht nur unsere Jalousie steuern, sondern auch die vom Popler.« Tatsächlich staunte der Popler nicht schlecht, als sein Büro wie von Geisterhand verdunkelt wurde. Er starrte irritiert zum Fenster und vergaß für einen Moment sogar die Pornos.

Das machte Spaß. Also trieb ich mein böses Spiel noch etwas länger: Jalousie runter, Jalousie wieder rauf, es werde Licht, es werde wieder dunkel. Ich machte das so lange, bis sich vor unserer Türe ein Stosstrupp feindlicher Sekretärinnen versammelte. Ich konnte nicht verstehen, was sie sagten, aber ich konnte durch die Glasscheiben sehen, wie sie wild gestikulierten und herumpalaverten.

Zwei Minuten später stand Schrecki in der Tür, sichtlich wütend: »Wer war das mit der Jalousie?« »Ich«, gab ich zu und lachte. »Hat der Popler sich beschwert?« »Der wer? Jetzt hör mal gut zu: Du hast eine halbe Stunde lang sämtliche Jalousien des Pavillons bewegt. Verstehst Du: Alle! Auch die vom Konferenzraum. Da sitzt übrigens gerade Herr X mit einigen verdammt wichtigen Geschäftsleuten aus Japan…« »Äh«, ähte ich, »das habe ich nicht…« »Also: Die Sekretärinnen haben mich gebeten, mal deutsch mit euch zu sprechen. Ich hoffe, dass ist hiermit geschehen.« Es war. Die Sekretärinnen wussten es noch nicht: Aber in diesem Moment hatten sie den Krieg um den Pavillon gewonnen. Die lustige Hürther Phase war vorbei.

Moment, nein, das stimmt so nicht. Zum ersten Höllenkreis gehört auf jeden Fall noch die Begegnung mit dem reichsten Mann der Welt. Der gute Vokler hatte dieses Treffen arrangiert. Ich glaube, er wollte nach der Jalousiegeschichte wieder Frieden zwischen uns und Don X schaffen. Der kam am nächsten Montag plötzlich in unser Büro spaziert und schüttelte uns die Hände.

Der Mann war mir sofort sympathisch: ein gemütlicher Rheinländer, weißhaarig, der Willy-Millowitsch-Typ. Er sprach Kölsch, duzte uns und kam gleich zur Sache: »Ah, die Herren mit den Ideen. Wisst ihr, ich habe auch welche. Ihr kennt doch den Nino. Den haben wir vor einiger Zeit auf der Go-Kart-Bahn aufgesammelt. Sah furchtbar aus, der Jung.« Der Don erzählte uns von Ninos langer schwerer Krankheit, von Lymphdrüsenkrebs und solchen Geschichten, und wie er selbst, der große Herr X, den kleinen Schlagersänger wieder aufgepäppelt hatte. Nicht ohne Hintergedanken allerdings: »Wir arbeiten jetzt an Ninos Comeback. Wie wäre es, wenn ihr etwas für ihn schreiben könntet? Ein, zwei schöne Lieder vielleicht? Und ein kleines Video dazu?«

Leider gibt es auch von diesem Treffen keine Fotos. Nein, wenn ich ehrlich bin, ist mir das eher recht. Aber wirklich froh bin ich, dass es keine Tonaufnahme gibt. Darauf wäre nämlich eine Stimme zu hören, die mit servilem Unterton sagt: »Ja, klar, Herr X. Tolle Idee. Geht sofort in Arbeit. Ehrenwort, Herr X.« Und diese Stimme gehört mir.

Höllenkreis des Presslufthammers

Das Tor zum nächsten Höllenkreis öffnete sich schnell und überraschend und ich war es, Irrtum ausgeschlossen, der daran schuld war. Ich ging nämlich noch am selben Montagnachmittag zu Vokler ins Büro und machte ihm einen Vorschlag: »Volker, so geht es nicht weiter. Wir können hier in Hürth nicht schreiben. Die Sekretärinnen, die Luft, alles. Lass uns doch in der Heinestraße arbeiten. Da stören wir keinen und haben genug Ruhe. Ich komme jeden Tag in Hürth vorbei und halte dich auf dem Laufenden.« Ich hatte kaum damit gerechnet. Doch Vokler war sofort einverstanden, genauso wie Matthias. Wahrscheinlich waren beide froh, dass wir erst mal aus den Augen waren.

Ich hätte gleich wissen müssen, dass der Vorschlag ein Fehler war; allein wegen des Dopes, das in unserem neuen Zuhause in der Couchtischschublade lag und nur darauf wartete, durchgezogen zu werden. Wir hatten es schon am zweiten Arbeitstag gekauft. Nach der Arbeit hatten wir uns in Terrance' Alfa gesetzt, der hatte diese »Kruder & Dorfmeister«-Doppel-CD eingelegt, die damals alle hören mussten, und dann waren wir direkt von Hürth die Autobahn rauf nach Maastricht gebrettert. Als die CD durchgelaufen war, saßen wir schon wieder auf dem Sofa in der Heinestraße und zwei Plastiktütchen Gras lagen auf dem Couchtisch. Die Phantasienamen der zwei Sorten habe ich vergessen. Ich will das Mildere hier mal belustigungshalber »Hammer« nennen, und das Stärkere »Presslufthammer«. So ähnlich hieß das Zeugs, nur auf Kifferenglisch.

Wir redeten uns ein, das Gras würde unsere Kreativität beflügeln: Der übliche alte Hippieunsinn eben. Nur hatten wir kein Hippiegras gekauft, sondern dieses neue Treibhausskunk. Allein der Geruch machte einen halb bewusstlos. Wir rauchten es trotzdem. Zuerst »Presslufthammer«. Was anschließend passierte, ist nur anhand der Dias zu rekonstruieren. Eine ganze Fotoserie zeigt, wie sich Phillip mit verzerrtem Gesicht auf dem Küchenboden windet, wobei er einen Abfalleimer umklammert hält. Der Lachkrampf, der ihn schüttelt, sieht aus wie ein epileptischer Anfall und dauerte eine halbe Stunde. Ein anderes Foto ähnelt einem surrealistischen Gemälde. Es zeigt die geöffnete Haustür, in der Terrance steht, als Stehlampe verkleidet, dahinter gähnt die schwarze Nacht. Dunkel erinnere ich mich, dass er sich in den Garten raus geschlichen hatte, um dann an der Wohnungstür zu klingeln und uns mit dem Schirm der Wohnzimmerlampe über dem Kopf zu überraschen.

Es gibt noch mehr von diesen Fotos. Viel mehr, denn seit der Fahrt nach Maastricht kifften wir jeden Abend. In der ersten Woche legten wir uns noch Zügel an; wir hatten ja morgens in Hürth aufzulaufen. Das war jetzt vorbei. Wir standen einfach immer später auf und erst gegen Mittag schleppte sich einer an den Laptop. Häufig war es Terrance. Er dachte allerdings nicht daran zu arbeiten, sondern spielte abwechselnd »Maze« und »Moorhuhn«, beides Ballerspiele, die nicht von ungefähr zur Jahrtausendwende populär wurden. Phillip lag meistens bewegungslos auf dem Sofa und starrte an die Decke. Wie bewegungslos, das zeigen zwei andere Dias. Das eine habe ich am frühen Nachmittag gemacht, es ist noch hell im Wohnzimmer. Das andere zeigt Phillip in exakt derselben Position. Nur beweist das dunkle Fenster im Hintergrund, dass es schon Abend sein muss.

Das war auch ungefähr die Zeit, zu der wir unseren Arbeitstag beendeten. Wir bauten einen Joint aus »Presslufthammer« und sahen Musikvideos auf Viva 2, bis unsere Lieblingssendung kam: »Kamikaze« mit Nils Ruf. Einmal war da Naddel zu Gast. Ruf fragte Naddel kühl: »Sag mal, bist du eigentlich schon mal gesandwitched worden?« Naddel tat so, als hätte sie die Frage nicht verstanden. Ruf wiederholte sie. Wir kriegten uns nicht mehr ein vor Lachen und bauten noch einen. Diesmal nahmen wir »Hammer«.

Irgendwann in der zweiten Woche gingen wir dann in den »South Park«-Film, der gerade angelaufen war, vollkommen zugedröhnt, versteht sich. Das war der zweite große Fehler. Der Film war für uns so etwas wie eine Offenbarung; nicht nur, weil zwei im Film auftretende Comicfiguren zufälligerweise dieselben Namen trugen wie meine beiden Freunde. Der Film war einfach perfekt. Die South-Park-Macher hatten sogar ein Stück Scheiße animiert und singen lassen, ohne dass es peinlich wirkte. Mein Gott, wenn wir doch auch so was schreiben könnten, dachte ich, als wir auf dem Heimweg über die Kölner Ringstraße glitten. Terrance und Phillip mussten ähnlich fühlen: Begeistert sangen sie die South-Park-Hymne: »Fick dich und halts Maul, Onkel Ficker. Niemals tust du auch nur einen Schlag, du fickst deinen Onkel den ganzen Tag!«

Drei Tage später hasste ich den Song. Erst hatte ihn Phillip nur auf seinen Laptop runtergeladen und nudelte ihn ununterbrochen. Dann kam Terrance auf die Idee, auch mich umzutaufen: Klar, in »Onkel Ficker«, was denn sonst. Terrance fand das lustig, Phillipp auch, ich war nicht ihrer Meinung. Dann ging es los in der Heinestraße, der Bürgerkrieg brach aus: Jeden Morgen schrien die beiden Teufel »Aufstehen, Onkel Ficker!« Kam ich aus Hürth wurde »Na, Onkel Ficker« zum Empfang gebrüllt. Kifften wir, hieß es: »Hier, Onkel Ficker, zieh mal.« Auch »Onkel Ficker«-Post-It's klebten plötzlich überall: Auf meiner Zimmertür stand »Onkel Fickers Schlafzimmer«, auf dem Rechner »Onkel Fickers Computer«, und manchmal, wenn ich nicht aufgepasst hatte, klebte auch ein Onkel-Ficker-Sticker hinten auf meinem Mantel.

Das schlimmste war, dass ich nicht sagen konnte, wie sehr ich die ganzen Ficker-Titulierungen hasste. Wir waren ja Comedy-Schreiber, lustige Leute, Spaßprofis. Da durfte man sich aus einer kleinen Verarsche nichts machen. Es war so wie früher auf dem Schulhof oder bei der Armee: Wer die anderen merken ließ, dass ihn eine Hänselei nervte, der hatte unweigerlich verloren. Am besten war, wenn man sich selbst noch nicht mal eingestand, dass man sich was draus machte.

Das Problem ist nur, dass es so nicht funktioniert. Je länger der Terror anhielt, desto mehr begann ich zu grübeln. Hatten die beiden Arschgeigen nicht Recht? War ich denn nicht wirklich Onkel Ficker? Ich war jetzt 43 Jahre alt, in meinem linken Bein steckte ein Winkel aus Edelstahl, weil ich mir ein halbes Jahr zuvor in einem Berliner Studio bei einem Sturz den Oberschenkel fast komplett zertrümmert hatte – auch bei so einer Spaßproduktion. Jetzt humpelte ich nicht nur wie ein alter Krüppel. Ich saß auch noch in einer Kölner Wohnung mit zwei durchgedrehten Fünfundzwanzigjährigen, die sich meine Freunde nannten, mich aber von morgens bis abends verhöhnten. Wieso tat ich das? Wieso schrieb ich an dem größten Stuss des Jahrhunderts, für einen Kranbauunternehmer, der nicht nur mich befehligte, sondern auch Gespenster wie den Popler oder Nino? Wäre ich kein blöder Ficker, dann würde ich doch dieses Haus auf der Stelle verlassen und endlich mal etwas Vernünftiges tun: leprakranke Kinder pflegen im afrikanischen Busch, ein großes Aquarium kaufen und bedrohte Korallenfische nachzüchten oder wenigstens ein wenig Architekturdreck wie diese ganzen Spitzdach-Aldis in die Luft sprengen. So was in der Art.

In diesen schweren Onkel-Ficker-Tagen tröstete mich eigentlich nur der körperliche Zustand von Phillip. Er war dauernd erkältet und fieberte leicht. Bald war er Stammgast in der Apotheke nebenan. Phillip kaufte sich Klinikpackungen Aspirin, Gelomyrtol forte, Nasensprays, Gurgelwasser, Heilerde und Kräutertees. Das ganze Zeug baute er in seinem Zimmer auf, auf einer Pyramide, die er aus weißen Backsteinen errichtet hatte; wenn man reinkam, glaubte man, den Lagerraum eines pharmazeutischen Unternehmens zu betreten. Stundenlang inhalierte er unter einem Handtuch Tigerbalsam, wärmte seine Stirn mit heißen Teetassen oder zog sich Salzlösungen durch die Nase. Dabei sah er scheiße aus, bleich und fertig.

Ich würde lügen, wenn ich hier behauptete, ich hätte Mitleid mit ihm gehabt. Im Gegenteil. Ich war froh, dass es noch ein Opfer gab, über das ich mich mit Terrance zusammen hermachen konnte: »Hey, Phillip. Lass uns auf die Pauke hauen. Wir haben gehört, in der Apotheke am Ring ist heute Happy Hour.« In seiner Verzweiflung kam Phillip auf die Idee, es könnte ein Zusammenhang zwischen seinem desolaten Zustand und dem Konsum des Hammergrases bestehen: »Ich glaube, ich mach mal eine Pause.« Aber nur fünf Minuten später hielt er wieder einen Joint in seiner Faust und lachte wie bekloppt: »Ach, Onkel Ficker. Ist doch egal. Ist doch alles prima.« Aber das war es nicht.

Unsere Arbeit am Schneewittchen-Buch ging nur in Zwergenschritten voran, meine täglichen Treffen mit Vokler wurden schwierig. Anfangs konnte ich mir noch was zusammenphantasieren: »Wir haben gestern wieder ganz intensiv an den Zwergen gefeilt…« Langsam ging mir jedoch der Stoff aus. Von den beiden Irren konnte ich keine Unterstützung erwarten, und das nicht nur wegen der ganzen Kifferei. Kam ich von einem Vokler-Treffen nach Hause, waren sie oft gar nicht da. Sie trieben sich dann irgendwo in der Stadt herum, in einer neu eröffneten Apotheke oder in der Lebensmittelabteilung von

»Marks & Spencer«. Einmal fand ich sie auch betrübt auf dem Sofa sitzen. Da waren sie gerade in einer Drogerie gewesen, hatten Haartönung gekauft und versucht, sich die Haare orange zu färben. »Wir haben es zwei Mal probiert, aber irgendwie klappt es nicht.«

Nur gut, dass es mir immer noch irgendwie gelang, Vokler bei Laune zu halten. Ich bin mir sicher, dass er etwas ahnte. Manchmal schickte er uns eine mahnende SMS: »Hi ihr Moorhuhnjäger. Nix mehr spielen, sondern noch ein Stündchen an der Sitcom schreiben!! Na, dann bis morgen! Waidmanns Heil! V.« Aber er war schwer beschäftigt, hauptsächlich damit, immer neue Termine mit Verona auszumachen. Er gab sie regelmäßig an mich weiter: »Eventuell in drei Tagen oder so. Nächste Woche, aber nur vielleicht.« Dann, Anfang der dritten Woche, klang es plötzlich anders: »Donnerstag kommt sie. Hundertpro.« Das war nicht gut. Unser Drehbuch bestand bisher nur aus Ideen, die wir uns im Rausch zugeschrien und sofort wieder vergessen hatten. Jetzt mussten wir uns wirklich an die Arbeit machen.

Wir beschlossen, ab sofort das Hammergras nicht mehr anzurühren und dieses Mal hielten sich auch alle dran. Der Dopeentzug wirkte Wunder; zwei Tage später war das Drehbuch fertig. Wir fanden es gut und lustig. Bester Laune fuhren wir zum großen Termin nach Hürth. Doch als wir den Pavillon betraten, konnten wir Vokler schon am Gesicht ablesen, was passiert war: »Tut mir leid, Männer, wieder kein Treffen heute. Wir haben keine Ahnung, wo Verona steckt.« Langsam war es auch egal.

Schlimmer waren die Veränderungen, die sich in unseren Köpfen vollzogen. Weil wir uns auch weiterhin das Dope verboten, verlor das Dauerfernsehen an Reiz. Der lustige Nils Ruf war abgesagt; wir sahen nur noch wichtige Sendungen. In der Fernsehstudiowelt muss man nichts über Literatur, Politik, Musik, Theater oder sonst was wissen; es gibt diese Welt da gar nicht. Hier gilt nur einer was, der übers Fernsehen selbst Bescheid weiß, über Marktanteile und Quoten. Damals war das neue große Ding »Wer wird Millionär...« mit Günther Jauch. Wir sahen uns die erste Sendung an und merkten uns zum Mitreden die Zahl der Zuschauer: 8,56 Millionen.

Ohne Dope begannen wir auch, uns aus dem Weg zu gehen. Wir wurden wortkarg gegeneinander. Terrance lag jetzt abends allein im Kinderzimmer auf dem Bett und las amerikanische Schundromane. Phillip telefonierte stundenlang mit seiner neuen Freundin in Berlin. Auch ich selbst begann eine kleine Privatobsession zu entwickeln. Nächtelang starrte ich auf die DAX-Tafel des Bildschirmtexts, wo ich zusehen konnte, wie der Kurs meiner Telekomaktien im Fünf-Minuten-Takt ins geradezu Unwahrscheinliche stieg. Ich nahm mir fest vor, sie gleich nach meiner Rückkehr nach Berlin zu verkaufen. »Wer wird Millionär? Wartet es ab. Onkel Ficker wird es euch allen zeigen.« Wir merkten es damals nicht: Aber nach drei Wochen in Köln waren wir drauf und dran, gut funktionierende Medienarbeiter zu werden. Also völlig kaputte Soziopathen.

Unseren Kollegen aus der Kölner Comedy-Schreiberszene schien allerdings die Persönlichkeitsveränderung auch nicht aufzufallen. Aber vielleicht steckten sie selbst schon zu lange in der Maschine. Wenn wir sie ab und zu trafen, versuchten sie nur, uns mit aller Macht das Geheimnis des Geheimprojekts zu entreißen. Als wir nicht mit der Sprache herausrückten, begannen sie zu bohren: »Gebt es zu. Ihr schreibt für ›Big Brother‹.« So abwegig war die Vermutung nicht. Die erste deutsche »Big Brother«-Staffel sollte zwar erst Ende Februar auf Sendung gehen, doch in Hürth, nicht weit von unserem Pavillon entfernt, war man gerade dabei, die letzten Vorbereitungen für die Dauerserie zu treffen. Uns kamen diese Mutmaßungen eigentlich ganz gelegen, konnten wir doch so jeden leicht auf die falsche Fährte locken. »Klar, Big Brother«, sagten wir und grinsten. »Natürlich. Wir schreiben jetzt Reality.«

Keiner ahnte, wie nah diese Antwort an der Wahrheit war. Bloß schrieben wir »Big Brother« nicht, wir lebten es, mit fast allem, was dazugehörte: Streit, Idiotie, Psychoterror, Lagerkoller. Der reichste Mann der Welt hätte sein Vermögen noch mal verdoppeln können, wenn er bloß ein paar Kameras in der Heinestraße aufgestellt und unseren Alltag live hätte übertragen lassen. Verdreifacht hätte er es aber, hätte er die Kameras an einem bestimmten Nachmittag einfach weiterlaufen lassen, in seinem eigenen Büro. Ich glaube, es war der vierte Montag in der Kölner Spaßhölle, so gegen halb fünf. Da kam Frau Godot ganz überraschend doch noch.

Kurz vorher erklärte uns Vokler noch mal seine Strategie: »Also, erst mal kein Wort von euch. Ich werde Verona ein bisschen in die Schneewittchen-Materie einführen. Dann stelle ich euch vor. Ihr müsst dann euer Drehbuch pitchen.« Eigentlich war es ein simpler Plan. Er hatte nur einen Haken: Verona F. höchstselbst.

Sie trug was Schwarzes, als sie das Büro des reichsten Manns der Welt betrat, mit einem großen Ausschnitt, den wiederum dieses gazeartige Nuttenzeugs halb bedeckte. Ihr Manager folgte ihr. Sie begrüßte jeden freundlich: Herrn X zuerst, dann den Vokler und schließlich uns, die drei »Autoren«. Dann setzte sie sich sehr damenhaft, wartete kurz, bis auch wir uns gesetzt hatten, schlug die Beine übereinander und legte sofort los. Natürlich kannte ich Verona aus dem Fernsehen. Und selbstverständlich hatte ich auch schon vorher einige Frauen plappern hören, immerhin war ich schon über Vierzig. Aber das, was jetzt folgte, war mit all dem nicht zu vergleichen. Ich frage mich bis heute, wie sie es schaffte, während des einstündigen Monologs Luft zu holen.

Was Verona zu sagen hatte, ging ungefähr so: »Ich mache alles. Ich würde mich hier sofort auf den Teppichboden schmeißen und auf den Brustwarzen zum Luftbefeuchter« – jawohl, der reichste Mann der Welt besaß als einziger im gesamten Hürther Pavillon einen Luftbefeuchter – »da hinten robben. Ich mache wirklich alles. Ich ziehe mich bloß nicht aus. Aber ich habe mir überlegt, dass ich dieses Schneewittchen nicht spielen will, weil das irgendwie nicht zu mir passt. Ich will lieber so was wie ›Wetten dass...‹ machen, nur ganz anders, und mit mir statt mit dem Thommy, aber eigentlich genauso wie ›Wetten dass...‹ Nur wie gesagt: Ausziehen tue ich mich nicht, aber auf den Brustwarzen robben...« Das wars in etwa inhaltlich, nur dass der Vortrag eben eine Stunde dauerte.

Ich muss an dieser Stelle etwas gestehen, das ich bis heute noch keinem gestanden habe. Ich muss es, weil es die Wahrheit ist: Ich habe Verona F. in dieser Stunde bewundert, jede Minute, kein Scheiß. Was für ein Vortrag. Diese Mischung aus Bauernschläue, Naivität, richtigen Einschätzungen, falscher Ideologie, Friseusengeschwätz, Ignoranz und tausend Redundanzen. Und am Ende hatte sie sogar noch irgendwie gespürt, dass das ganze Geheimprojekt, dieser Schneewittchenquark, ein großer Irrtum war, von dem sich am besten jeder fernhielt, der seine sieben Zwetschgen noch beisammen hatte.

Höllenkreis der Schläge

Am Morgen nach der historischen Konferenz zu Hürth begannen sich über dem Kölner Becken die ersten schweren Stürme dieses Winters auszutoben, mit allem drum und dran: Rasanter Temperaturanstieg, Blitze, Donner, Hagel, schwefelgelbe Wolken. Und ungefähr so wie am Himmel musste es in Voklers Seele ausgesehen haben. Er war total am Boden.

Wir heuchelten Betroffenheit und taten so, als ob uns die Rettung des Geheimprojekts am Herzen liegen würde: »Vokler, äh, Volker, du musst diese Frau vergessen. Wir schreiben die Sitcom einfach um. Zu einer Zeichentrickserie. Das wird dann so wie dieser neue, lustige Film

›South Park‹. Verona wird gezeichnet und muss machen, was wir wollen. Oder, ähem, du!« Die Idee war ausgemachter Unsinn, denn eine Animationsserie dieser Größenordnung würde kein deutscher Sender finanzieren können. Doch der geschlagene Vokler stimmte zu. Er gab uns auch noch ein paar andere Aufträge. Grußpostkarten fürs Internet, mit Fotos von Verona. Dann entließ er uns in unseren Container.

Hier tobte das Wetter in uns weiter. In meinem Kopf blitzte es nur noch. Ich war durch den Terror der letzten Wochen wirklich so verrückt geworden, dass ich glaubte, ich könnte noch irgendetwas retten. Tag für Tag schleuderte ich Terrance und Phillip Durchhalteparolen entgegen: »Scheißegal, ob diese Arbeit sinnlos ist. Wir machen das jetzt einfach. Denkt an das schöne Geld, denkt an unsere Namen.« Aber die Appelle kamen nicht mehr an.

Terrance war völlig weggetreten. Er saß im Wohnzimmer vor der Playstation, die ihm seine Freundin mitgebracht hatte, und fuhr Auto. Zum Fahren hatte er sich ausgerechnet die virtuelle Kopie seines eigenen Mittelklasse-Alfa ausgesucht. Wirklich gespenstisch daran war, dass er behauptete, die Stadt durch die er fahre – sie sah aus wie San Francisco – sei Köln; er habe von irgendwem Auftrag erhalten, sie kaputt zu machen. Jeden Tag gellten jetzt Terrance' Flüche durch die Wohnung: »Ha, de Dom. Muss Dom ausradieren. Wromm. De Höhner. Bütz, bütz. Und wegjebützt. Yes. The Küppers Kölsch Building. Bombe rein und fertig.« Terrance war ungefähr so zurechnungsfähig wie Jack Nicholson in »Shining«.

Auch Phillips Gehirn war stark umnebelt. Er kommunizierte eigentlich nur noch mit seiner fernen Freundin. Tagsüber schrieb er jede halbe Stunde eine SMS, abends quatschte er in seinem Zimmer mit ihr übers Handy. Nachts schlich er sich dann ins Wohnzimmer und telefonierte übers Festnetz flüsternd weiter.

Eines nachmittags hatte ich genug. Ich riss Phillip das Handy aus der Hand und las laut und höhnisch vor, was sie gerade geantwortet hatte: »Hallo« stand da, einfach nur: »Hallo«. Ging es stumpfer? Jetzt hatte ich Phillip in der Hand; die nächsten Tage bekam er mehr »Hallos« von mir zu hören als in seinem ganzen bisherigen Leben. »Hallo« auf dem Weg zum Klo. »Hallo« während des Mittagessens beim Italiener, »Hallo« mitten im Gespräch, manchmal auch »Hallo, hallo«. Ich ließ erst von Phillip ab, als er sagte: »Kannst aufhören. Sie hat gerade Schluss gemacht. Und wenn's Dich interessiert: Eigentlich hatte es nie angefangen.« Kurz danach sah ich, wie er die Kurzwahlen auf seinem Handy-Display umbenannte. In »Love« für Terrance und »Hate« für mich.

In diesen letzten Wochen standen wir mehr als einmal kurz vor einer Prügelei. Im »Sale i Pepe« drohte ich Terrance: »Meine Faust kommt deinem Gesicht jeden Tag ein Stück näher.« Terrance grinste nur: »Und meine deiner Fresse jede Woche. Dafür verringert sich der Abstand schneller.« Und schließlich prügelten wir uns wirklich. Okay, nicht echt. Wir setzten uns an die Playstation und traten mit Tekken-Figuren gegeneinander an.

Wir spielten in diesen letzten Tagen jeden Abend Tekken; immer dann, wenn Terrance seine Amokfahrten durch »Köln« beendet hatte. Eigentlich beherrschte ich das Spiel gar nicht, doch das machte nichts. Ich wählte irgendeinen Tekken-Charakter – mein Liebling war der verrückte Eddy Gordo – und drosch auf die Knöpfe der Konsole ein. Ich gewann immer dann, wenn ich auf dem Bildschirm nicht Yoshimitsu, Kuma, oder Gun Jack sah, sondern die Visagen von Terrance oder Phillip.

Vielleicht wäre es zum Schluss doch noch zu einer wirklich echten Prügelei gekommen, wenn uns Vokler nicht noch einmal zurück nach Hürth beordert hätte. Bevor unser Vertrag zu Ende ging, sollten wir noch einen allerletzten Job für den reichsten Mann der Welt erledigen. Vokler stellte ihn vor: »Männer, das hier ist Michaela Sch. Wir haben sie gerade unter Vertrag genommen. Schreibt ein kleines Castingvideo für sie.«

Wir schüttelten alle brav Frau Sch. die Hand, wie wir überhaupt in diesen sechs Wochen sehr viele Hände schüttelten. Dabei grinsten Terrance und Phillip, fast so wie bei unserer Ankunft auf dem ersten Foto. Natürlich wussten wir, wer die kleine Blondine war, die da vor uns von einem Bein aufs andere trat; wir waren schließlich Medienprofis. Ihr Künstlername war gerade eben noch Gina W. gewesen, damals der größte deutsche Pornostar. Gina brauchte das Casting-Band, weil sie den Entschluss gefasst hatte, eine »richtige« Schauspielerin zu werden; der reichste Mann der Welt wollte dabei helfen. So war am Ende aus dem Schneewittchenprojekt so was wie ein Rehabilitierungsprogramm für ein gefallenes Mädchen geworden. Ich war gerührt.

Jedenfalls hatte ich nichts dagegen. Ich konnte in der Arbeit für Gina keinen Unterschied zu dem sehen, was wir bisher gemacht hatten. Doch Terrance musste plötzlich etwas in seinem Inneren entdeckt haben: Kaum war Porno-Gina wieder auf dem Flur, begann er zu toben: »Schluss. Aus. Fertig. Ich weigere mich. Ich bin Autor. Ich habe Grundsätze. Prinzipien. Ich schreibe nicht für ... für ... so eine...« Ich schüttelte den Kopf: »Terrance, ich fass es nicht. Wir sind jetzt fast sechs Wochen hier. Sechs Wochen lang haben sie uns gezeigt, wer wir eigentlich sind. Aber du hast es immer noch nicht verstanden.«

Am Ende hatte es Terrance dann auch kapiert. Vielleicht war es am letzten Tag, als wir uns vom Vokler verabschiedeten. Wir übergaben ihm ein schönes Bündel sauber beschrifteter DIN-A-4 Seiten, das alles enthielt, was wir in Köln geschrieben hatten: Zwei Schneewittchen Sitcomfolgen (Zeichentrick), 45 Internet Postkarten (Motiv Verona F.), ein Packen Show-Ideen (»Wetten dass...« ohne Thommy) und einen lustigen Dialog für Frau Sch. Dann machte ich noch ein Foto. Es ist das letzte meiner Kölner Serie. Der Vokler lächelt sehr nett darauf.

Zurück in der Welt

Nach der Zeit in Köln dauerte es eine Weile, bis Terrance, Phillip und ich wieder miteinander klar kamen. Wir sahen uns fürs erste selten. Und auch später sollte es nicht mehr ganz so wie früher sein. Doch das ist ja auch nur so ein blöder Satz, der sich ganz einfach hinschreibt: Kein Punkt des Lebens gleicht dem anderen. Jeder lernt was. Immer. Schade eigentlich.

Auch ich hatte meine Schlüsse aus Köln gezogen. Kaum nach Berlin zurückgekehrt, ging ich in die Charité und lies mir den Scheiß-Onkel-Ficker-Winkel rausnehmen. Als ich wieder draußen war, rief ich die Bank an und verkaufte meine Aktien. Gerade noch rechtzeitig, denn zwei Wochen später war der Dotcom-Boom vorbei. Zusammen mit dem, was ich in Köln verdient hatte, besaß ich jetzt ein kleines Vermögen; genug, um auch ohne neue Comedy-Aufträge meine nun schon ewig dauernde Jugend um noch ein paar Jahre zu verlängern. Das war gut, denn als der ganze New-Economy-Betrug zu Ende ging, änderte sich auch im Land wieder mal der Takt. In Hürth startete »Big Brother«, die erste von einem Haufen Reality-Shows, die noch folgen sollten. Auch in der Wirklichkeit legte der Kampf jeder gegen jeden einen Zahn zu.

Es war eine schlechte Zeit für Comedy. So stand es jedenfalls damals überall in der Zeitung. Die Zeiten würden härter, der Spaß sei jetzt vorbei, und das sei auch ganz gut so. Was wir vom Vokler hörten, schien den Befund zu bestätigen. Der brave Mann versuchte unverdrossen, unsere Bücher zu verkaufen. Natürlich lehnten alle Fernsehsender ab. Am Ende war er so weit, sie einem kleinen Verlag anzubieten, als Vorlage für einen Comic. Selbst der hatte kein Interesse.

Wir hatten also ganz umsonst die drei Kölner Höllenkreise durchschritten. Aber nicht nur wir hatten sechs Wochen unseres Lebens verschwendet. Verona bekam nie die Show, die ganz anders werden sollte als »Wetten dass...«. Die Firma datum fatum verschwand irgendwann von der Bildfläche. Und selbst der reichste Mann der Welt musste angesichts der neuen Zeit kapitulieren. Er wurde als Geschäftsführer von MMC-Entertainment abgelöst, ein halbes Jahr nach unserem Einsatz. Im Jahr 2002 sahen sich dann er und sein Bruder Y (wahrscheinlich der zweitreichste Mann der Welt) dazu gezwungen, ihre Anteile an der Firma zu verkaufen. Und auch das Comeback von Nino de A. fand mehr im Anzeigenteil der *Bild*-Zeitung statt (»So schmeckt Italien«) als in den Hitparaden.

Nur eine Idee aus der Ära X überdauerte die Zeit, in einem deutschen Film, den ich im Sommer 2005 im Pappkarton einer Raubkopiehändlerin im Osten Pekings entdecke. Sein Titel lautet: »7 Zwerge«. Der Film hat so gut wie nichts mit dem zu tun, was wir damals in Köln und Hürth schrieben. Nichts, bis auf die revolutionäre Idee, die Rollen der Zwerge mit deutschen Komikern zu besetzen. Es sind zum Teil dieselben, die Vokler schon damals auf der Liste hatte. Eine der Produktionsfirmen des Films heißt übrigens MMC Entertainment – heute im Besitz von RTL, Pro 7 und anderen. »Psst, Männer, alles geheim! Kein Wort zu niemandem.«

Das Internet sagt mir, dass Vokler, Matthias und der reichste Mann der Welt den richtigen Riecher hatten: »7 Zwerge – Männer allein im Wald« ist heute mit 6.753.183 Zuschauern der vierterfolgreichste deutsche Film aller Zeiten. Die MMC – in deren Kölner Studios der Film auch gedreht wurde – wird sich kaputt an ihm verdient haben. Der Film sei komisch, heißt es. Ist er aber nicht. Für mich ist er einer der traurigsten Filme, die je gedreht wurden. Das mag daran liegen, dass ich auch dieses Mal die Leute kenne, die das Drehbuch geschrieben haben. Es sind gute Freunde von mir, liebenswerte, feinfühlige, gebildete Menschen. Es kann nicht ihre Schuld sein, dass der Film so miserabel ist.

Ich glaube, auch sonst ist niemand dafür verantwortlich. Der Regisseur ist bestimmt ein ganz ausgezeichneter Mensch, der sein Handwerk ebenso versteht wie jeder am Film beteiligte Schauspieler, mal abgesehen von Nina Hagen. Und sicher ist auch das Publikum nicht übel, das in diesen ... ach, egal ... millionenfach gelaufen ist, und nicht in den gleichzeitig laufenden, unendlich viel lustigeren Film »Team America«. Ich glaube: So ist das einfach heute. Alle sind gut, alle sind prima Leute, alle wollen nur das Beste. Und doch geht alles schief, und wir können nichts dagegen tun.

Das ist von mir

Zum ersten Mal eine Idee
(15 Jahre)

GUT, DAS FAHRRAD HABE ICH NICHT ERFUNDEN. Das war bekanntlich Mark Bellison, wie wir aus dem schönen Film »The Invention of Lying« wissen. Aber dafür sind eine ganze Reihe anderer Erfindungen von mir. Die animierte Werbung im U-Bahn-Tunnel zum Beispiel, also LED-Bildsequenzen, die an den Seiten der Tunnel angebracht werden. Fährt die Bahn dann in einem bestimmten Tempo an den Einzelbildern vorbei und sieht man aus dem Fenster, hat man den Eindruck, einen kleinen Film zu sehen. Das gibt es in Peking seit ein paar Jahren. Und ich habe das erfunden, und zwar schon vor langer Zeit. Die Idee kam mir irgendwann in den Siebzigern, als ich zu Besuch in Westberlin war. Zeugen habe ich dafür heute wahrscheinlich keine mehr, obwohl ich damals vielen Leuten davon erzählt habe. Aber die Menschen vergessen ja wirklich alles. Und natürlich sollte in meinen U-Bahn-Schächten keine kommerzielle Werbung gezeigt werden, sondern Filme, die zum Umsturz aufriefen.

Ich gebe gerne zu: Weiterverfolgt habe ich die Idee nie. Das war sicherlich ein Fehler. Also ist irgendwann ein anderer auf die U-Bahn-Tunnel-Animation gekommen und hat sie realisiert. Natürlich ärgert das einen. Ich war immerhin der Erste, und der andere verdient sich jetzt dumm und dämlich. Man sollte einfach besser aufpassen in der Jugend, wenn das Gehirn noch jung und frisch ist, sich Sachen merken und sie dann auch verwirklichen. Aber wenn man jung ist, denkt man: »Ach, das ist doch nur so eine Idee. Davon habe ich massenweise«, und nimmt es nicht so genau. Ich darf gar nicht an all die anderen Einfälle denken. Hätte ich die alle umgesetzt, wäre ich heute Multimillionär.

»Big Brother« zum Beispiel, dieses jetzt auch nicht mehr so ganz frische Fernsehformat: Das habe ich im Frühjahr 1972 erfunden. Ich war fünfzehn damals und bekanntlich ziemlich hinter den Mädchen her. Mit meinen kommunikativen Fähigkeiten aber konnte ich bei direkter Konfrontation mit dem weiblichen Geschlecht nicht glänzen. Gleichzeitig aber war ich völlig größenwahnsinnig. Ich glaubte, der hervorragendste Mensch der Welt zu sein. Wenn ich nur die Gelegenheit hätte, mich in meiner ganzen Herrlichkeit darzustellen, würde, da war ich vollkommen sicher, jede Frau sofort schwach.

Ich überlegte, wie sich eine solche Situation arrangieren ließe. Schließlich hatte ich die Idee. Mehrere Leute sollten sich für etwa zehn Tage in einem von der Außenwelt isolierten Raum versammeln. Keinem sollte es in dieser Zeit erlaubt sein, das Zimmer zu verlassen. Dann sollte geredet werden. Über alles, ohne Tabus. Am Anfang hätten die Versammelten sicher noch Hemmungen, aber das würde sich legen. Mit der Zeit müssten alle ihr kümmerliches Innenleben offenbaren, während meine ausgezeichnete Persönlichkeit immer prächtiger hervortreten würde. Am Schluss würde ich als strahlender Sieger dastehen und könnte das Mädchen »pflücken« – ja, ich dachte so –, das mir am besten gefiel.

Es gelang mir gut, meine eigentlichen Absichten zu verhehlen und so gewann ich meine Mitschüler Ansgar, Reinhold und Eberhard für das »Experiment«. Jetzt mussten nur noch möglichst viele Mädchen rekrutiert werden. Wir hörten uns um und bekamen eine ganze

Reihe von Zusagen. Die Sache ließ sich gut an. An einem Sonntagmorgen zu Beginn der Osterferien kam der Einzugstag. Ansgars Eltern waren für zwei Wochen in den Urlaub gefahren und hatten ihren Sohn alleine zurückgelassen. Ihr Haus, ein freistehender Bungalow, war für unser Vorhaben ideal. Es gab einen großen, wohnlich eingerichteten Kellerraum ohne Fenster, mit einer Toilette im Nebenraum. Wir hatten allen Bescheid gesagt und Ansgar hatte Proviant für die nächsten zehn Tage besorgt. Jetzt saßen Ansgar, Reinhold, Eberhard und ich in diesem Kellerraum und warteten auf unsere Mitexperimentatoren.

Es kamen Dirk und Susanne. Und danach niemand mehr. Das war ein herber Schlag, zumal ich wusste, dass Susanne schon länger ein Auge auf Ansgar geworfen hatte. Aber jetzt musste die Sache durchgezogen werden. So saßen wir sechs erst einmal wortkarg herum. Nach einer Stunde erkundigte sich Dirk nach den Vorräten. Es stellte sich heraus, dass Ansgar für die zehn Tage nur Chips, Erdnussflips und Cola eingekauft hatte. Schweigend begannen wir, das Knabberzeug zu vertilgen. Endlich, nach drei öden Stunden, erklärte Reinhold, das ganze »Experiment« ginge ihm auf den Zeiger. Er wolle raus aus dem Keller, ein bisschen in der Stadt abhängen. Die anderen fanden, das sei eine gute Idee.

Da begann ich zu toben. Ich beschimpfte die Versammelten als Versager, wetterte, sie stünden im Begriff, ein Jahrhundertprojekt zu vermasseln. Ich führte mich auf wie ein Derwisch auf Speed, der gerade noch fünf doppelte Espresso eingepfiffen hatte. Nun kam tatsächlich mein wahres Ego zum Vorschein. Besonders Susanne schaute mich entsetzt an. Es dauerte nicht lange, da hatten die anderen genug von mir. Sie setzten mich vor die Tür. Nominierung und Rausschmiss: Ohne es zu wissen, hatten sie damit das letzte Element des heutigen Fernsehformats erfunden. Die »Big-Brother«-Idee war komplett.

Die hätte ich jetzt nur noch eintüten müssen, wie man

beim Fernsehen sagt. Aber wieder mal war ich viel zu früh dran. Das Privatfernsehen wurde in Deutschland erst zwölf Jahre später zugelassen und auf den beiden öffentlich-rechtlichen Kanälen meiner Jugendzeit war so etwas wie »Big Brother« vollkommen unvorstellbar. Ich hätte allerdings auch noch nach dem Start des Privatfernsehens sehr viel Zeit gehabt, mit meinem »Big Brother«-Konzept zu reüssieren. Die Idee zur tatsächlich realisierten Fernsehshow hatten John de Mol und sein Haufen 1997, und erst 1999 war dann »Big Brother« erstmals in den Niederlanden zu sehen. Damit ist der Holländer wirklich erbärmlich spät auf den Trichter gekommen, zumal er bloß ein Jahr älter ist als ich. Aber der kantige Johnny sah als Jugendlicher einfach zu gut aus und die Weiber rissen sich um ihn. Keine gute Voraussetzung, um sich etwas Neues auszudenken.

Ich weiß gar nicht, was ich in meinen frühen Jahren noch alles erfunden habe? Das iPhone, Facebook oder den McRib? Ich habe mir ja nichts aufgeschrieben, und so habe ich das meiste vergessen. Mir fallen meine eigenen Ideen immer nur ein, wenn ich direkt mit der Nase drauf gestoßen werde. So war es auch, als ich mir Ende der Neunziger den Film »Die Truman-Show« ankuckte. Als ich rauskam, war ich ziemlich sauer. Drehbuchautor Andrew Niccol und Regisseur Peter Weir hatten praktisch den ganzen Film von mir geklaut. Und dann war ihre Version auch noch viel schlechter.

In meiner Fassung war natürlich ich der Hauptdarsteller, dessen Leben vierundzwanzig Stunden am Tag übertragen wurde. Und in der »Schmidt-Show« wurde sogar alles von mir selbst gefilmt und zwar – das war der Clou – mit meinen eigenen Augen. Die waren nämlich nicht nur Augen, sondern auch Fernsehkameras. Obendrein war ich mein eigener Sender, der das 24-Stunden-Programm selbst ausstrahlte, quer durchs Weltall zu einem Planeten in einem fremden Sonnensystem. Für die Bewohner dieser Welt war ich ein Superstar. Es waren etwa zwei Meter fünfzig große eichhörnchenartige Wesen, die sich täglich von »Schmidt« begeistern ließen, der Sendung, in der ein kleiner, seltsamer Alien die merkwürdigsten Abenteuer erlebt.

Bei bestimmten Highlights, das spürte ich als Hauptdarsteller förmlich, hockten außerirdische Eichhörnchenfamilien Nüsse knabbernd vor ihren Fernsehern, die in großen Bäumen hingen, und fieberten mit. Wenn ich, die sportliche Null, von meinen Klassenkameraden ins Tor gestellt wurde, lachten die Nager bei jedem Ball, den ich durchließ, Tränen der Freude. Stand eine Mathearbeit an, wurde planetenweit gewettet, ob Schmidt wohl wieder eine Fünf schreibt oder gar eine Sechs. Richtig berühmt wurde die Szene, in der ich in der großen Pause durch den Klassenraum humpelte und Klaus Kinski in »Aguirre – der Zorn Gottes« imitierte. »Geh mir aus dem Weg«, der Schrei, mit dem Kinski in diesem Film ein Pferd zu Fall bringt, wurde über Nacht zum geflügelten Wort auf dem Eichhörnchenplaneten.

Natürlich spitzten sich wie bei »Truman« auch in der »Schmidt Show« die Ereignisse nach einer Weile zu. Die Eichhörnchenproduzenten verlangten ein immer verrückteres Leben. Sie kommunizierten übrigens mit Schmidt, indem sie sich als »Stimmen« in seinem Kopf meldeten. »Rauch mal 'ne Rothändle vorm Frühstück«, schlugen sie so vor, oder: »Könntest du diesen Brocken Haschisch nicht auch noch essen?«, oder aber: »Tu so, als ob du dir die Flasche Dimple mit deinen beiden Freunden teilst, trink ihnen dann alles weg und kotz später über das Geländer des Balkons!« Zunächst gehorchte Schmidt noch willig. Doch als die Eichhörnchenstimmen verlangten: »Lauf mit entblößtem Glied über den Schulhof des Mädchengymnasiums!«, »Spritz jetzt Heroin, Alter, sofort!« oder »Zerstör das Nest und kill die niedlichen Spatzenküken mit einem Biss!«, begann er Zicken zu machen. Es kam zum Konflikt mit den Produzenten, den Schmidt zunächst zu gewinnen schien. Doch dann feuerten die bösartigen Nager ihren Hauptdarsteller und ersetzten ihn durch eine vollbusige Siebzehnjährige, von der sie sich mehr Sexszenen versprachen...

Gut, das ist nicht exakt die Geschichte des Films »Truman Show«, aber wie gesagt: Dafür ist sie auch sehr viel besser. Und von solchen großartigen Einfällen hatte ich in meiner Jugend Dutzende pro Tag. Später ließ dann die Qualität der Ideen langsam nach. Schließlich reichten sie nur noch für das Titelblatt eines Satiremagazins, und irgendwann war es dann ideenmäßig ganz vorbei. Aber das hat ja auch sein Gutes. Wem nichts einfällt, der muss sich auch nicht ärgern, dass ein anderer mit seinen schönen Ideen Geld verdient. Und dieser Seelenfrieden ist ja auch was wert. (Ungefähr fünf Euro nämlich).

Auf eine Zigarette mit Joseph Beuys

Mein erster Prominenter
(2 Jahre)

IN DEN SIEBZIGER UND ACHTZIGER JAHREN fuhr ich zu jeder Documenta. Kunst interessierte mich nicht besonders, aber damals umwehte die Documenta ein Hauch von Popfestival und das war es wohl, was mich anzog. Um welche Documenta es sich jetzt genau handelte, weiß ich nicht mehr. Mag sein, dass es die berühmte »Medien-Documenta« im Jahr 1977 war. Auf jeden Fall lief hier ein weißgetünchter Mann mit einer ebensolchen Brille durch die Ausstellungsräume. Das sollte Kunst sein. Ich kann mich so genau an den Mann erinnern, weil er mich durch seine Aktion zu einer eigenen inspirierte. Ich ließ mir von meiner Freundin die Augen mit einem Tuch verbinden und mich so durch die Ausstellung führen. Wenn ich ehrlich bin: Moderne Kunst interessierte mich damals nicht nur nicht, ich fand sie bescheuert. Nur meine Documenta-Aktion fand ich lustig. Ein Museumswächter war anderer Meinung. Er schmiss meine Freundin und mich kurzerhand aus der Halle.

So landeten wir in den Kellerräumen des Fridericianums auf einer Veranstaltung der Freien Internationalen Universität. Das war ein Verein, den Joseph Beuys irgendwann Anfang der Siebziger gegründet hatte. Der

Vereinsname gefiel mir, er klang so schön anmaßend. Also setzte ich mich auf einen Stuhl und lauschte einer dicken Amerikanerin, die gerade einen Vortrag über Schwarze Löcher hielt. Ich verstand kaum etwas. Doch dann betrat plötzlich ER den Raum, schaute sich suchend um und nahm auf dem Stuhl neben mir Platz. Natürlich hatte ich ihn sofort erkannt. Wie immer trug Beuys seinen Hut und die olivgrüne Kameramannjacke. Wenn ich auch ansonsten die moderne Kunst verachtete, war ich doch sehr aufgeregt. Ich saß neben Joseph Beuys! Und nicht ich hatte mich neben ihn gesetzt, sondern er sich neben mich.

Als der Schwarze-Löcher-Vortrag zu Ende war, wurde diskutiert. Neben mir verglich Beuys die Kunst mit einem schwarzen Loch. Ich verstand nicht, wie er das meinte; ich dachte auch gar nicht darüber nach. Ich überlegte fieberhaft, wie ich mit dem großen Mann ins Gespräch kommen könnte, ohne etwas Peinliches zu sagen. Mit einem Mal hatte ich es. Ich drehte mir eine Zigarette, wandte mich Beuys zu und fragte cool: »Ey, haste mal Feuer?« Damals war es genauso selbstverständlich, Koryphäen aus »unserem« Lager zu duzen, wie bei Diskussionen über Schwarze Löcher zu rauchen. Ja, eigentlich war beides Pflicht. Joseph Beuys kramte ein wenig in seinen Jackentaschen, förderte schließlich ein Feuerzeug zu Tage und zündete meine Zigarette an.

Von diesem Moment an sah und hörte ich nichts mehr. Ich konnte nur noch denken: Beuys hat mir Feuer gegeben! Bald hielt es mich nicht mehr auf meinem Platz. Ich musste nach draußen.

Dort rauchte ich die Zigarette auf und schmiss die Kippe dann weg. Den restlichen Documenta-Tag nervte ich alle in meiner Clique mit dieser Geschichte. Ich beschrieb das Feuerzeug, mit dem Beuys mir Feuer gegeben hatte. Es war ein simples Plastikfeuerzeug, was mich verblüffte. Ich hatte vermutet, dass Beuys ein ausgefallenes Künstlerfeuerzeug besitzen würde. Oder auch eins aus Gold, mit Brillanten besetzt. Doch Beuys benutzte ein Einweg-feuerzeug. Und mit dem hatte er mir – verstehste: MIR! – Feuer gegeben.

Ich nervte mit meiner nur leicht ironisch verbrämten Angeberei so sehr, dass meine Freunde mich bald sehr entschieden darum baten, doch endlich mal das Maul zu halten. Tatsächlich war mein promigeiles Verhalten kaum zu verstehen. Schließlich war ich Linksradikaler, und als solcher eher egalitär gestimmt. Außerdem war Beuys ja beileibe nicht der erste Prominente, den ich getroffen hatte. Im Gegenteil. Schon in meiner Kindheit galt ich als echter Promimagnet. Als Zweijähriger hatte ich dem damaligen Bundespräsidenten Theodor Heuss die Hand ge-schüttelt. Meine Eltern berichteten später, ich hätte mir zwar vorher vor Aufregung in die Hose gemacht, ihn dann aber bei der eigentlichen Begrüßung kaum mehr be-achtet. Heuss, den damals alle »Papa« nannten, verstand das Kind: »Die Polizisten sind ja auch viel interessanter.«

Auch die Bundespräsidenten, die Heuss nachfolgten, traf ich; die einen mehr, die anderen weniger. Das liegt daran, dass bis zum heutigen Tag ein deutscher Bundes-präsident während seiner Amtszeit der Anstalt Bethel wenigstens einmal seine Aufwartung machen muss. Das steht wahrscheinlich im Grundgesetz geschrieben. Und so fuhr Heinrich Lübke in einem dicken schwarzen Merce-des direkt an unserem Haus vorbei und winkte mir und meinem Freund Stefan zu. Gustav Heinemann stand in einer von Bethels Kirchen herum; er war so blass, dass ich mich nur noch an diese Blässe erinnere. Walter Scheel begegnete ich seltsamer Weise nicht in Bethel, sondern rein zufällig auf Helgoland, als ich dort mit mei-ner Mutter Ferien machte. Scheel war damals auch noch nicht Bundespräsident, sondern nur FDP-Vorsitzender. Er hielt vor kaum zwanzig Leuten, die ihn dicht umringten, per Megaphon eine kleine Wahlkampf-Rede.

Auch die deutschen Bundeskanzler besuchten Bethel. Den meisten kam ich allerdings nicht so nahe. Und Willy

Brandt interessierte sich mehr für unseren Hund. Er fragte ein fremdes Kind, wie denn der Hund neben ihm hieße. »Fuchs«, antwortete das Kind, das das Tier offenbar gut kannte. »Guter Hund«, sagte Willy Brandt. Sofort stürzten sich alle Fotografen auf das von Brandt geadelte Tier, und später wurde sein Bild im *Stern* veröffentlicht. »Der Hund heißt Foxl«, stand dazu im Fließtext. Das war für mich die erste Lektion des Lehrgangs: »So funktioniert der deutsche Journalismus.«

Je älter ich wurde, desto suspekter wurden mir Prominente. Als Bundespräsident Carstens durch Bethel wanderte, sah ich zu, dass ich dem alten SA-Mann und NSDAP-Mitglied nicht zu nahe kam. Oder ich ging zu Kundgebungen, um dort prominente Politiker niederzuschreien. So bekam ich öfters Franz Josef Strauß zu Gesicht. Aber so etwas zählt ja wohl nicht als Begegnung. Noch später begannen mir ausländische Politiker über den Weg zu laufen. Als ich das erste Mal von Zürich nach Tirana flog, saß prompt der albanische Präsident Sali Berisha vorne in der Business Class. Wie ich später erfuhr, war er gerade von einem Staatsbesuch aus den USA zurückgekommen. Weil aber Albanien zum damaligen Zeitpunkt keine eigene Fluggesellschaft besaß, musste Berisha Linie fliegen. Allerdings erkannte in meiner ziemlich großen deutschen Reisegruppe keiner außer mir den Präsidenten. So jemand ist wahrscheinlich gar nicht richtig prominent.

Den meisten Berühmten begegnete ich jedoch nicht im Flugzeug, sondern im Speisewagen der Bahn. Einmal setzte sich der berüchtigte ZDF-Moderator Gerhard Löwenthal zu mir und dem Schriftsteller Gerhard Henschel an den Speisewagentisch, zündete sich ein Zigarillo an und begann in dem rechten Magazin *Criticón* zu lesen. Natürlich erkannte ich Löwenthal sofort. In den siebziger und achtziger Jahren war der rechte Flügelmann einer der Hassfiguren aller Linken gewesen, gleich nach Franz Josef Strauß. Ich ließ mir trotzdem nichts anmerken. Auch

Henschel tat so, als sei nichts, und erst als Löwenthal zahlte, wechselte er mit ihm ein paar Worte. Henschel hatte allerdings gedacht, ich hätte nicht gewusst, wer da direkt neben mir gesessen hatte. »Ich wollte es dir nicht sagen«, erklärte er mir nach Löwenthals Abgang. »Du hättest ihn bestimmt angepöbelt.« Das war natürlich Quatsch. Löwenthal sah damals schon alt und krank aus. Seine absurde Gegenwart stimmte mich eher wehmütig, erinnerte sie mich doch an Zeiten, als die Verhältnisse noch einfach und klar gewesen waren. Außerdem pöbelt man keinen an, der wie Löwenthal im KZ gesessen hatte.

Die Begegnung mit dem ZDF-Moderator fand um die Jahrtausendwende statt. Das war auch die Zeit, als meine Promigeilheit wirklich entschieden nachließ. Wahrscheinlich lag das daran, dass immer mehr von meinen Freunden und Bekannten prominent wurden, zumindest in gewissen Kreisen. Da kann man einfach nicht mehr jedes Mal aufgeregt sein, wenn man eine etwas bekanntere Persönlichkeit trifft. Noch etwas später gingen mir dann meine dauernden Prominentenbegegnungen sogar auf die Nerven. Rita Süssmuth war so ein Fall. Am 14. Januar 2001 saß sie im Speisewagen nach Frankfurt fünf Meter von mir entfernt und plauderte die ganze Zeit angeregt mit einem Mann. Ab und zu wehten Gesprächsfetzen herüber wie »Zuwanderung gestalten« oder »Hans«. So etwas stört, denn man ist gezwungen, zu lauschen und immer wieder in die Richtung der bekannten Person zu starren, selbst wenn man gar nicht will. Rücksichtsvolle Prominente tauchen deshalb gar nicht in der Öffentlichkeit auf, sondern bleiben unter ihresgleichen in Marbella oder München-Grünwald.

Noch lästiger als die Begegnung mit Frau Süssmuth war die mit Martin Walser, der sich mit zwei Damen im Gefolge direkt an meinen Speisewagentisch setzte und dort auf dem Weg von Frankfurt nach Berlin festzuwachsen schien. Er bestellte für sich und seine Entourage schon um ein Uhr mittags Bier vom Fass und »Pfälzer

Bratwürstchen« von Bioland. Dann begann er sich vor den Frauen aufzuplustern. Er sei, gab der Dichter an, auf dem Weg nach Berlin zu einer szenischen Lesung von Schiller-Texten: »Dafür habe ich die ganzen rechtsradikalen Stellen aus ›Kabale und Liebe‹, ›Don Carlos‹ usw. rausgesucht.« Welche Stellen er denn meine, fragten die Frauen interessiert. »Na zum Beispiel: ›Sire, gewähren Sie Gedankenfreiheit‹!«, antwortete Walser quietschvergnügt.

Seltener kamen die Frauen zu Wort. Wenn sie sich dann aber doch äußerten, wusste es der Schriftsteller sofort besser. Eine der beiden hatte irgendwann einen längeren Lauf und ließ sich über das komplette vergangene Wetterjahr aus. Sie kenne jemanden, der lebe auf einem Bauernhof und betreibe Wettervorhersage, indem er seine Tiere beobachte: »Dabei hat er festgestellt, dass sich das Wetter grundsätzlich alle 40 Tage ändert. 40 Tage, ein biblischer Zyklus. In diesem August fiel ihm auf, dass seine Enten plötzlich damit begannen sich einzufetten. Und tatsächlich ist es dann ja auch sehr kalt geworden...« – »Die Enten hätten sich auch so gefettet«, fiel ihr Walser ins Wort. Und damit war das Thema vom Speisewagentisch.

In diesem Stil ging die Unterhaltung weiter. Man hätte sich sicherlich richtig gestritten, wäre Walser nicht der mit absoluter Autorität ausgestattete Spitzenschriftsteller. Doch obwohl die Frauen ihn anhimmelten, versuchte er die Konfrontation weiter auf die Spitze zu treiben. »Immer recht geben. Frauen immer recht geben. Das habe ich in meinem Leben gelernt«, erklärte er spitz, als die Ältere der beiden schon wieder eine These aufstellte, die er nicht teilte. In meinem ganzen Leben habe ich wohl keinen eitleren und rechthaberischeren Menschen getroffen als diesen Mann. Es war zum Neidischwerden.

Am Ende war ich froh, dass Walser und seine Frauen bei Hildesheim den Speisewagen wieder Richtung erste Klasse verließen. Noch ein paar Worte mehr vom großen

Zampano und ich hätte vielleicht noch selbst ins Gespräch eingegriffen. Dabei war ich extrem verkatert und hätte allein deshalb den Kürzeren gezogen. Im Nachhinein bereue ich die Begegnung allerdings nicht. Ich weiß seitdem, dass ich Walsers Bücher nicht lesen muss. Das bisschen Angeberliteratur kann ich mir leicht selber schreiben.

Ich bereue allerdings die Begegnung mit Joseph Beuys. Manchmal liege ich sogar nachts wach und denke daran, was für ein Trottel ich gewesen bin. Natürlich hätte ich Vollkoffer meine von Beuys angezündete Kippe nicht rauchen und wegschmeißen dürfen. Ich hätte sie mir von ihm signieren lassen müssen. Dann besäße ich jetzt einen echten Beuys und wäre so reich, dass ich nicht gezwungen wäre, Bücher zu schreiben, in denen ich mich an Begegnungen mit unangenehmen Persönlichkeiten erinnern muss.

Morbus Marburg

Zum ersten Mal in der Stadt ohne Gedächtnis (30-40 Jahre)

DAS ERSTE MAL KAM ICH NACH MARBURG, um einen Kongress zu besuchen. Keine Ahnung, worum es ging. Ich trug in der Uni-Aula irgendetwas vor, was ich mir vorher aufgeschrieben hatte. An das Thema kann ich mich nicht mehr erinnern. Auch wie die Aula aussah, ist mir entfallen. Ich glaube, dass sie schöne Fenster hatte. Später ging ich noch irgendwohin, zusammen mit irgendwelchen anderen. Wohin genau, kann ich nicht sagen. Ich vermute mal, dass es ein Ort war, an dem viel Alkohol getrunken wurde. Irgendwann habe ich da wohl auch gekifft.

Als das Haschisch gerade in meinem Hirn zu kreiseln begann, tauchte ein kleingewachsener Prominenter auf, zusammen mit einer schönen Frau. Wenn ich mich nicht irre, war er mit der Frau verheiratet. Ich beleidigte den Prominenten, weil ich die Frau auf mich aufmerksam machen wollte. Der Mann reagierte auch irgendwie, doch da hatte ich schon wieder vergessen, was ich zu ihm gesagt hatte. Die Frau beachtete mich gar nicht, sondern ging auf die Toilette. Was sie da machte, weiß ich nicht. Kann aber auch sein, dass das alles gar nicht bei meinem ersten Marburg Besuch passierte, sondern bei meinem zweiten oder dritten.

Ziemlich sicher ist, dass ich noch später mit irgendwelchen anderen Leuten im Gästehaus der Uni auf dem Fußboden hockte. Ich glaube, es wurde Schnaps getrunken. Ungefähr um drei Uhr morgens kam ein Schriftsteller auf die Idee, seine Ex-Freundinnen anzurufen. Er wählte einige Nummern und hatte bald eine seiner zahlreichen Exen in der Leitung. Der Schriftsteller brabbelte ein paar Sätze und lies dann das Telefon reihum gehen. Jeder Besoffene lallte etwas in den Hörer. Als ich an der Reihe war, sagte ich der Ex-Freundin etwas ganz besonders Peinliches. Was es war, habe ich vergessen. Später wurden noch mehr Telefongespräche geführt. Ich weiß beim besten Willen nicht, mit wem.

Ich kann mich erst wieder an den nächsten Nachmittag erinnern. Da saß ich in einem Café, das »Roter Stern« hieß. Es ging mir schlecht und ich versuchte, Milchkaffee zu trinken. Der Laden war irgendwie ganz nett. Draußen floss die Lahn und es schien die Sonne. Ich verließ dann Marburg möglichst schnell.

Das zweite Mal kam ich wegen einer Frau nach Marburg. Ich hatte gerade mit dem Rauchen aufgehört und ich trank auch seit einigen Monaten nicht mehr. Ich hatte den festen Vorsatz, mit beiden Lastern nie wieder zu beginnen. Am Nachmittag ging ich mit der Frau im Wald spazieren. Die meiste Zeit redeten wir über überraschende Leichenfunde. Sonst sprachen wir über das Rauchen und das Trinken. Weil wir keine Leiche fanden, gingen wir in eine Kneipe namens »Delirium«.

Ich habe keinen Schimmer, wo diese Kneipe lag und wie sie aussah. Ich weiß aber, dass ich hier das erste Bier getrunken habe. Nach dem zweiten Bier rauchte ich die erste Zigarette. Unser Gespräch drehte sich jetzt um die Rekonstruktion verschiedener Gespräche, die wir schon einmal geführt hatten, an deren Inhalt wir uns aber nicht mehr erinnern konnten, weil wir zum Zeitpunkt, als wir sie führten, betrunken waren. Was wir rekonstruierten, habe ich vergessen. Erinnern kann ich mich bloß an einen

Marburger. Er saß am Nebentisch, war ungefähr fünfundfünfzig, langhaarig und fragte seine sehr junge blonde Begleitung Sachen wie: »Kennst Du den Mythos von Sisyphos? Von Camus?« Nach dem achten Bier quatschte ich den Mann über die Tische hinweg an und nannte ihn »Meister«. Das gefiel ihm gut. Wieso ich ausgerechnet das behalten habe, kann ich mir bis heute nicht erklären. Später erzählte der Typ seiner Begleitung die Geschichte von der Schwester eines Bekannten, die mal mit Jimi Hendrix ins Bett gegangen war. Da sagte ich etwas zum Meister, was ihm nicht gefiel. Ich sagte … ach Quatsch, natürlich habe ich das vergessen.

Irgendwann ging ich mit der Frau in ihre Wohnung. Keine Ahnung, wie wir dort hinkamen. Wir leerten ein paar Flaschen Wein. Wieso wir so blöd waren, zu Wein zu wechseln, weiß ich auch nicht. Wahrscheinlich hatte sie kein Bier zu Haus. Ich weiß aber noch, dass ich jedes Mal, wenn ich aufstehen wollte, mir den Kopf an den extrem niedrigen Deckenbalken stieß. Es stellte sich heraus, dass man die Wohnung ursprünglich für Liliputaner gebaut hatte. Die Liliputaner waren längst weggezogen. Ich weiß wirklich nicht, wohin. Als ich das hundertste Mal mit dem Kopf gegen die Decke prallte, war es früher Morgen. Da sagte ich zu der Frau etwas enorm Peinliches. Ich verdrängte es aber sofort wieder. Ich habe deshalb nicht den Hauch einer Ahnung, was es war.

Ganz genau weiß ich dagegen, dass ich am nächsten Mittag in einem Café saß, das mir bekannt vorkam. Mit dickem Kopf las ich den Namen auf der Speisekarte. Es war das »Roter Stern«. Draußen schien die Sonne und die Lahn floss immer noch vorbei. Drinnen war mir übel.

Trotzdem kam ich noch ein drittes Mal nach Marburg. Ich wollte für eine Reportage recherchieren und glaubte, ich sei damit besser auf die Stadt vorbereitet. Ich war ja gewissermaßen im Dienst. Ich hatte ein Notizbuch eingesteckt und mir fest vorgenommen, weniger zu trinken. Tatsächlich machte ich mir ein paar Notizen, auf die ich hier zurückgreifen kann. Aus den Aufzeichnungen geht hervor, dass ich in dieser Nacht einige Kneipen besuchte und dabei verschiedene Leute kennen lernte. Die Kneipen hießen Havana mit einem »n«, Havanna mit zwei »n«, Phoenix, Kult und Bremsspur. Die Namen der Leute vergaß ich zu notieren. Es waren aber, meine ich, zwei Frauen und zwei Männer. Ich muss mit diesen Leuten über sehr unterschiedliche Themen gesprochen haben. Das belegen einige notierte Zitate. Eins lautet: »Die blonde Frau im Allgemeinen frisst pro Tag drei Schnitzel«, noch eins: »Kennt ihr Sindbads viertes oder fünftes Abenteuer?«, und ein drittes: »Schlagt sie tot, die dreckigen Schlammbeißer aus Gießen.« Bedauerlicherweise ist mir der Zusammenhang zwischen den Sätzen heute nicht mehr ersichtlich. Außerdem muss von einem gewissen K.O.-Tropfen-Horsti die Rede gewesen sein. Das entnehme ich einer vergleichsweise längeren Passage: »K.O.-Tropfen-Horsti wohnt irgendwo im Osten. Er lässt sich dort alle zwei Wochen von Prostituierten mit K.O.-Tropfen betäuben und ausrauben. Und weiß dann gar nichts mehr.«

Auch meine dritte Marburger Nacht endete erst am nächsten Morgen. Dafür spricht einiges, zum Beispiel der letzte Eintrag in meinem Heft: »Schon hell.« Schemenhaft erinnere ich mich auch an eine Frau. Kann aber auch sein, dass es zwei Frauen waren, oder ein Mann. Ich muss etwas verdammt Peinliches zu ihnen gesagt haben. Ich schließe das aus einem umkreisten P und der kaum lesbaren Bemerkung »sof. vergess. !!« in meinem Notizbuch.

Sehr gut kann ich mich an das Frühstück erinnern: Ich nahm es im »Roten Stern« ein. Ich saß dort an demselben Tisch, an dem ich immer zu mir kam, und starrte auf meine kryptischen Aufzeichnungen. Auch dieses Mal war mir überhaupt nicht gut. Draußen floss die Lahn vorbei und wie zum Hohn schien auch an jenem späten Nachmittag die Sonne. Ich bestellte dann sehr hastig ein Taxi und verließ die Stadt, so schnell es eben ging.

Ich muss danach noch öfter nach Marburg gekommen sein, und zwar jedes Mal nur für eine Nacht. Von diesen Nächten weiß ich nun rein gar nichts. Weder erinnere ich mich an den Besuchsanlass, noch an irgendeine Situation noch an einen Zitatfetzen. Es gibt aber einen eindeutigen Beweis, dass ich wirklich in der Stadt war. Wiederholt sah man mich an einem Nachmittag im »Roten Stern«. Vor mir die übliche Tasse Milchkaffee, in mir die gewohnten Kopfschmerzen und die bekannte Übelkeit, draußen die langweilige Lahn und die dumme Sonne.

Jedes Mal, wenn ich hier so zerschmettert saß, stellte ich mir dieselben Fragen: Was ist das mit diesem Marburg? Wieso kann ich in Marburg nicht auch nur eine halbwegs nüchterne Nacht verbringen? Warum gebe ich ausgerechnet in Marburg zwanghaft Peinlichkeiten von mir? Weshalb hat der Aufenthalt in Marburg solch fatale Auswirkungen auf mein Gedächtnis? Und vor allem: Was will ich eigentlich hier?

Bis heute fand ich keine Antwort auf nur eine dieser Fragen. Ich will sie deshalb an Sie weitergeben. Genau, an Sie, der Sie das hier gerade lesen. Vielleicht können Sie mir weiterhelfen. Ist es die Luft? Sind es die Leute? Hat man was ins Trinkwasser getan? Liegt es an den Ausdünstungen irgendwelcher endemischer Pflanzen? Oder steckt ein giftiges Holzschutzmittel in den Balken dieser ganzen Fachwerk-Architektur? Los! Raus mit der Sprache. Sagen Sie es mir!

Wie mir das Ausgehen mein Leben versaute

Zum ersten Mal bittere Reue
(52 Jahre)

ES GING FRÜH LOS BEI MIR, und es hat nicht aufgehört bis heute. Dabei weiß ich, dass es zu gar nichts nutze ist. Es geht ja keiner einfach aus um des lieben Ausgehens willen. Es ist nur Mittel zum Zweck. Ich jedenfalls habe nur der Mädchen wegen damit angefangen. Oder sagen wir es direkter: Wegen angestrebten Geschlechtsverkehrs. Ich wollte nichts als vögeln, ficken, dömseln, irgendwie. Es wird langsam Zeit, das zuzugeben.

Mit vierzehn oder fünfzehn fing der Ausgehzwang an, sich in mir breitzumachen. Jeden Samstag nach dem Mittagessen musste ich einfach los. Ich flog die Gehwegplatten des Bürgersteigs zum Betheleck hinab in Erwartung eines großen Wochenendes. Dabei sang Udo Lindenberg in meinem Kopf seinen neuen Song: »Freitags abends steckt er sich 100 Mark und ne Zahnbürste ein, er zieht sich die schnellen Stiefel an – das ist 'n gutes Gefühl, frei zu sein. Bis Montagmorgen rennt er 'rum, zwischendurch kommt er nicht mehr nach Haus. Er sieht sich auf der Szene um, und nachts probiert er fremde Betten aus. Und nachts probiert er fremde Betten aus.«

Das war exakt mein Ausgehprogramm. Theoretisch jedenfalls. Aber leider stimmte meine Praxis nicht mit Udos Ausgeherfahrungen überein. Erstens hatte ich für ein Wochenende meistens nur zehn Mark auf Tasche, und zweitens rannte ich auch nicht einfach rum. Ich ging immer erst einmal knapp einen Kilometer weit zu meinem Freund Ralph. Dort klingelte ich, sagte »Hi« und setzte mich in seinem Jugendzimmer auf den braunen Teppichboden.

Ralphs Vater hatte eine Polsterei und Ralph kissendicke Lippen. Dazu wuchsen ihm dunkle Locken und er hatte ein romantisches Gesicht, was alles bei den Mädchen sehr gut ankam. Deshalb war Ralph auch immer auf irgendwelchen Partys eingeladen, und wer bei ihm zufällig rumhing, den nahm Ralph mit. Das war der Hauptgrund, weshalb ich jeden Samstag bei ihm auflief, und vielleicht war er auch nur deswegen mein Freund.

Aber ich musste mir die Partys teuer erkaufen. Ralph spielte Gitarre und sobald ich mich auf den Teppichboden setzte, fing er damit an: Stücke von James Taylor, Crosby, Stills and Nash, Joni Mitchel und Leo Kottke rauf und runter vor. Dabei guckte er melancholisch bis entrückt. Wenn er nicht spielte, legte er Platten von denselben Leuten auf. Ich aber war eine junge Seele voller Energie und frühem, diffusen Hass. Deshalb liebte ich Deep Purple und Black Sabbath; »Iron Man« war das erste Stück, das ich mit meinem Kassettenrecorder aufgenommen hatte. So was kam Ralph nicht auf den Plattenteller. Dafür wurde Tee getrunken, literweise Tee, das Jugendgetränk der mittleren Siebziger, und bisweilen wurden wirklich Räucherstäbchen angezündet. Diese Samstagnachmittage bei Ralph langweilten mich sehr.

Gegen vier oder fünf kamen dann die ersten Mädchen. Sie setzten sich neben mich auf den Teppichboden, gossen sich Tee ein und hingen sofort an Ralphs dicken Kissenlippen. Sie waren alle verrückt nach ihm. Für mich interessierten sie sich hauptsächlich, weil ich der Freund von Ralph war. So redete ich mit ihnen darüber, wie toll

Ralph sei, und über seine Musik, für die ich mich nicht interessierte. Es dauerte oft Stunden, bis wir aufbrachen. Dann ging es endlich auf die Partys.

Natürlich lief auch hier nichts mit den Mädchen. Meistens stand ich in irgendeiner Ecke und guckte. Oder ich diskutierte mit Leuten von der Schülerunion, die immer so aussahen, als gehörten sie zu den Bay City Rollers, einer damals von allen zurechnungsfähigen Menschen verachteten Band. Ich zog diese Trottel an wie der Mist die Fliegen, denn als Maoist ging ich kaum aus, ohne einen politischen Badge am T-Shirt zu tragen. Es waren schöne Badges, auf denen ich meine Solidarität mit dem albanischen Volk erklärte, der Befreiungsfront für Mosambik oder der PAIGC, der afrikanischen Partei für die Unabhängigkeit von Guinea und Kap Verde. »Was soll'n das?«, maunzten die SUler und ich sprang sofort darauf an. Es hatte selbstverständlich keinen Sinn, diesen Sklaven des Kapitals und ihrer Eltern zu erklären, wie sich die Menschheit aus ihrem Elend zu befreien hatte. Doch das wusste ich damals noch nicht.

Die Diskussionen waren anstrengend, weshalb ich dabei immer sehr viel trinken musste. Wenn ich nach zwei oder drei Stunden fertig argumentiert hatte, war ich auch besoffen. Den Mädchen, die ich dann noch ansprach, gefiel das in der Regel nicht so gut wie mir, und die meisten knutschten sowieso schon mit Ralph oder irgendeinem anderen. Die Mädchen reagierten übrigens nie auf meine Badges. Sie interessierten sich nicht für Politik, und wussten rote Sterne, albanische Doppeladler oder eine stilisierte Kalaschnikow nicht im Mindesten zu deuten.

Am Ende dieser Partys wurde oft auch noch Schwimmen gegangen, jedenfalls im Sommer. Eine Gruppe von zwanzig, dreißig Leuten fuhr mit einer Handvoll Autos zu einem abgelegenen Freibad, stieg dort über die Mauer und sprang ins Becken. Selbstverständlich waren alle nackt, auch die Mädchen. Der Kodex der damaligen Zeit aber schrieb vor, dass man so zu tun hatte, als sei diese

Nacktheit das Selbstverständlichste der Welt. Also tat auch ich so und wagte höchstens flüchtig die begehrten Leiber aus den Augenwinkeln zu betrachten. Es war kaum auszuhalten.

Damals diskutierte ich mit meinen Freunden Ansgar und Reinhold immer wieder verschiedene Selbstmordmethoden. Demnächst aus dem Leben zu scheiden, schien uns angesichts der Umstände unausweichlich. Allerdings wollten wir erst Hand an uns legen, wenn wir es getrieben hätten: »Wenigstens einmal.« Die Vorstellung, ungefickt ins Grab gesenkt zu werden, gefiel uns ganz und gar nicht. Also ging ich weiter jeden Samstag zu Ralph ans Betheleck. Ich ruinierte meinen dünnen, jungen Körper mit Alkohol und führte nutzlose Diskussionen. Meinen schulischen Leistungen tat das nicht gut, und das Abitur schaffte ich nur mit Ach und Krach.

Irgendwann gelang es mir dann doch, nach einer Party jemanden zu vögeln. Ich glaube, es war ein Mädchen, mit dem ich den ganzen Abend diskutiert hatte. Vielleicht war sie bei der Schülerunion. Genau weiß ich das nicht mehr, denn natürlich war ich auch beim ersten Mal hoffnungslos betrunken. Danach hätte ich mich eigentlich umbringen können. Aber inzwischen hatte ich ein neues Ziel: »Ich will mich daran erinnern. Wenigstens einmal.«

So sah man mich also weiter jeden Freitag- und Samstagabend in diversen Szeneläden. Doch es kann gut sein, dass es da schon nicht mehr nur ums Vögeln ging. Wahrscheinlich war das Ausgehen damals bereits habituell geworden. Außerdem lernte ich durch das permanente Ausgehen auch nur Leute kennen, die dasselbe taten. Wenn ich sie treffen wollte, blieb mir gar nichts anderes übrig als weiter auszugehen.

Ich ging zu diesem Zeitpunkt auch schon längst nicht mehr nur auf Partys, sondern ich nahm alles mit, auch Diskos und Konzerte. Das ist ein ganz besonders großer Unsinn. Rock-, Punk- und Popmusik klingt in einem Studio aufgenommen und von Tonträgern reproduziert meistens sehr viel besser als live gespielt. Außerdem entfällt die stundenlange Steher- und Schwitzerei in den Konzerthallen, wenn man sich die Musik schön entspannt zu Hause anhört und dabei auf dem Sofa liegt. Auf die so genannte Atmosphäre bei Livekonzerten ist gepfiffen. Diskos sind sowieso des Teufels. Es sind ungemütliche, menschenfeindliche Orte, wo die Getränke viel zu teuer sind, und noch nie ein Gespräch geführt wurde, dass die Menschheit auch nur einen Millimeter voran gebracht hat. Überhaupt bin ich der Überzeugung, dass achtzig bis neunzig Prozent aller heterosexuellen Männer nie einen Fuß in eine Disko setzen würden, wenn man die Frauen nach der ganzen Tanzerei einfach an einem Sammelpunkt abholen könnte, um mit ihnen dann ins Bett zu gehen.

Es dauerte ein bisschen, bis mir klar wurde, dass für mich Ausgehen kein Spaß war, sondern mindestens eine so schlimme Sucht wie Zigaretten rauchen. Genau genommen brauchte ich dafür mehr als dreißig Jahre. Da stellte ich fest, dass ich halbkrank und hochnervös wurde, wenn ich versuchte, an einem Freitag oder Samstag zu Hause zu bleiben und was Vernünftiges zu tun. Meistens hielt ich das nicht aus. Gegen Mitternacht stürzte ich zitternd aus dem Haus, um wahllos Clubs, Partys oder Konzerte aufzusuchen. War ich dort, fragte ich mich allerdings sofort: »Was willst du hier eigentlich? Für so was bist du doch inzwischen wirklich viel zu alt.«

Unter der Woche machte ich mir jetzt immer öfter Gedanken, was ich mit der vielen Zeit anfangen könnte, ginge ich ab dem nächsten Wochenende einfach nicht mehr aus. Das konnte eigentlich nicht so schwer sein, andere schafften das doch auch. Sie schrieben am Wochenende ganze Bücher, während sie die Woche über als Richter, Immunbiologen oder Astrophysiker arbeiteten. Sie lernten Chinesisch, Sanskrit und Kisuaheli, und konnten plötzlich Violine spielen oder das Gilgamesch-Epos im Original lesen. Wieso sollte mir das nicht gelingen? Aber wenn das blöde Stinkewochenende kam, waren alle Vorsätze vergessen und ich war wieder unterwegs.

Und so kommt es, dass ich heute vor den Trümmern meiner Existenz stehe. Immer wieder frage ich mich, wo und wer ich sein könnte, wäre ich nicht zusammengerechnete 35.000 Stunden meines Lebens wie bescheuert ausgegangen. Hätte ich vielleicht auch eine Bibliothek zusammengeschrieben, besäße ich einen Schock Reitelefanten oder eine eigene Fluggesellschaft, wohnte ich auf Cheung Chau oder stünde der Kasseler Literaturpreis für grotesken Humor bei mir im Regal, neben dem Göttinger Elch? Ich weiß es nicht. Ich weiß nur: Ich habe nichts und kann fast nichts. Das Scheißausgehen hat mir mein Leben versaut.

Das einzige, was ich noch tun kann, ist der Jugend zuzurufen: Lasst ab von der unnützen Ausgeherei! Bleibt am Wochenende schön in euren eigenen vier Wänden und hört nicht auf die Advokaten der Herumtreiberei! Es soll durchaus andere Möglichkeiten geben, zu einem Sexualpartner zu kommen. Am Arbeitsplatz beispielsweise, beim Einkaufen in einer gepflegten Shopping Mall oder im Internet, einer äußerst segensreichen Einrichtung. Vergesst auch alles, was ich selbst zu diesem Thema je gesagt habe! Verbrennt alle meine Schriften! (Insbesondere »48 Stunden unter Strom«, Frankfurt/M., 1994; »Die Sau muss raus«, Bonn/Bad Godesberg, 1995; und »Würdelos und Spaß dabei«, Berlin, 1998.) Ich weiß, es sind eure Lieblingsbücher. Doch zu eurem Bestem muss es sein.

Die Spaltung der Welt

Zum ersten Mal Aktionskünstler (23 Jahre)

JETZT IM ALTER, WO DER GLITTER LANGSAM verblasst, den man in der Jugend über das Bild des Lebens gepustet hat, fragt man sich, was aus einem hätte werden können, wenn nur einige kleine Lebensdetails anders verlaufen wären. Natürlich hätte ein durchaus langweiligerer Mensch entstehen können, andererseits aber auch ein viel interessanterer. Zum Beispiel könnte ich heute ein renommierter Graffiti- und Aktionskünstler sein. Dieser Gedanke fräste sich bereits vor ein paar Jahren in mein Bewusstsein, als ich im ICE auf der Strecke von Hannover nach Berlin unterwegs war. Auf der Höhe des Bahnhofs Dallgow-Döberitz überraschte mich ein Graffiti. Es überraschte, weil es, anders als die zahlreichen anderen an der Strecke, lesbar war und weil ich die eindeutig formulierte Botschaft sehr gut kannte: »Lügt!«

Es war Anfang der Achtziger, als ich beschloss, die Bewohner meiner Heimatstadt Bielefeld mit einer rätselhaften Lügt-Kampagne zu verunsichern. Mein Freund Tom war schnell zum Mitmachen überredet. In ein paar Stunden leisteten wir mit zwei Spraydosen ganze Arbeit. »Es lebe die Lüge!« konnte man am nächsten Tag in deutlich schwarzen Lettern in der Fußgängerzone lesen,

»Vivat Lüge!« stand an der Kunsthalle und selbst das Bielefelder Wahrzeichen, die Sparrenburg, blieb nicht verschont: »Lügt!« stand fett an ihren Mauern.

Allerdings wollte ich es bei diesen schönen Erfolgen nicht bewenden lassen. Die »Lügt!«-Graffitis sollten etwa zwei Wochen mit ihrer ganzen rätselhaften Wucht auf die Bielefelder Bevölkerung wirken, um sodann von gänzlich neuen Parolen abgelöst zu werden. Die sollten nunmehr die »Wahrheit!« verherrlichen. Die Absicht war, den Eindruck zu erwecken, als sei hier eine völlig andere Partei am Werk, die sich ganz spontan als Antwort auf die infamen Lügenanbeter gegründet hatte.

Auf diese Weise gedachte ich, die ganze Stadt in zwei verfeindete Lager zu spalten. In allen Kneipen sollten Debatten zwischen Lügnern und Wahrheitsaposteln losbrechen, und schon bald würden Anhänger des einen oder anderen Lagers selbständig losziehen, um »Lügt!« oder »Wahrheit!«-Parolen an den Hauswänden zu vermehren. Dann sollten erste Demonstrationen folgen. Der Stadtrat würde nicht mehr umhin kommen, sich mit dem rätselhaften Phänomen zu beschäftigen. »Die Medien« würden sich der Sache annehmen, die wichtigsten Intellektuellen in Essays darüber nachdenken, und schließlich würde es im deutschsprachigen Raum niemanden mehr geben, der zur Lügen-Debatte nicht wenigstens eine Meinung hätte.

Was meine eigene Rolle anging, so war ich mir nicht ganz schlüssig: Eine Zeit lang wollte ich das ganze Spektakel aus der Ferne betrachten, doch was dann? Sollte ich mich irgendwann als sein Initiator zu erkennen geben, zum Beispiel mit einem Interview, in dem ich sehr viel davon sprechen würde, wie relativ doch die Begriffe »Wahrheit« und »Lüge« im Grunde seien? Oder sollte ich schweigen und erst nach Jahren das Geheimnis lüften? Das waren allerdings höchst überflüssige Gedanken, denn ich hatte die Wirkung unseres Einsatzes leicht überschätzt. Zwar erschien im *Bielefelder Stadtblatt*, dem linksalternativen Zentralorgan unserer Stadt, ein kleiner

Artikel, in dem sich jemand so seine Gedanken über unsere Kampagne machte. Aber weder der Stadtrat reagierte, noch die internationale Presse. Das war mir nun doch zu wenig, um Stufe Zwei zu zünden. Und so schlief die ganze Sache ein.

Was aber wäre gewesen, hätte ich nicht in Bielefeld, sondern in New York gelebt? Tom und ich hätten sicher weiter gemacht, denn in New York wurden Graffiti-Künstler stets mit großer Aufmerksamkeit bedacht. Am Ende wären wir so etwas wie Jean Michael Basquiat (Tom) und Keith Haring (ich) geworden, nur vielleicht nicht ganz so schwul. Heute wären wir zwar tot, aber unsere Werke würden weltweit ausgestellt und Millionen erzielen. Auch Zürich hätte es als Wohnort getan. Harald Naegeli sprühte hier kurz vor unserer Aktion in den Siebzigern. Seine Strichmännchen wurden im ganzen deutschsprachigen Raum diskutiert. Nachdem man ihn gefasst hatte, wurde er in der Schweiz wegen Sachbeschädigung verurteilt, aber in Deutschland mit offenen Armen aufgenommen. Joseph Beuys, Sarah Kirsch und Adolf Muschg brachten ein Buch heraus, in dem sie sich mit Naegeli solidarisierten. Später durfte der Sprayer ganz offiziell die Universität Tübingen vollsprühen, und wurde sogar noch so was wie ein Professor an der Thomas-Morus-Akademie in Bergisch-Gladbach. Schließlich wurden mehrere seiner alten Graffitis von der Stadt Zürich restauriert, und seitdem gilt Naegeli auch in der Schweiz unbestritten als großer Künstler.

Dagegen ist unsere Sprühkunst längst von den Bielefelder Wänden verschwunden. Und bis heute pfeift die Stadt Bielefeld auf die Leistungen zwei ihrer größten Söhne. Das beweist einmal mehr, dass es gar nicht so wichtig ist, was man kann, sondern wo und in welchen Kreisen man aufwächst. Man kann der Unbedeutenheit eventuell noch entgehen, wenn man als junger Erwachsener seinem Heimatkaff entflieht und sich in weltläufigeren Gefilden niederlässt. Nur sollte man das früh genug tun, denn später ist auch das Umziehen vergebens. Tom zum Beispiel zog nach Berlin und wurde dort Lehrer. Er beklagt in letzter Zeit immer häufiger die Verkommenheit der heutigen Jugend. Ich zog zwar in die weite Welt hinaus, finde aber inzwischen die meisten vollgesprühten Wände scheiße. Beide würden wir sicher großzügiger denken, hätte man auch unsere frühen Leistungen ebenso großzügig gewürdigt, und uns mit Geld, Professuren, Alterssitzen und Mätressen versorgt. Wahrscheinlich sähen wir heute sogar besser aus. Aber wir mussten unser Ding ja unbedingt in Bielefeld durchziehen. Und dabei kommt natürlich nichts heraus.

Vielleicht aber habe ich auch diese Geschichte nur von hinten bis vorne erlogen. Und vielleicht stimmt es gar nicht, dass der Künstler in der Provinz nichts wird. Vielleicht ist es sogar umgekehrt. Vielleicht wird ja gerade in der Provinz selbst der nur Mäßigbegabte als dicker Künstlermax gefeiert. Vielleicht gab es auch die »Lügt«-Kampagne nicht. Vielleicht stand am Bahnhof von Dallgow-Döberitz etwas ganz anderes. Vielleicht bin dort auch nie vorbeigefahren, wissen Sie's? Es könnte sogar sein, dass ich die Stadt Bielefeld erfunden habe, und vielleicht ist auch das Buch, das Sie gerade in der Hand zu halten glauben, nur eine Fiktion? Und Sie selbst? Im Moment kommen Sie mir ziemlich ausgedacht vor. Wie wäre es, wenn Sie über diese Phänomene mal mit anderen diskutierten? Sie könnten auch an die »Medien« schreiben und sich erkundigen, was denn an dieser Geschichte überhaupt stimmt. Oder beschweren Sie sich doch einfach bei einer höheren Instanz über das, was Sie hier lesen müssen. Warum soll eigentlich ich immer alles machen? Sie können wirklich auch mal was tun!

Gegenwelt Bielefeld

Zum ersten Mal Kulturpessimist
(46 Jahre)

FRÜHER WAR ALLES BESSER. Viel besser. Das traut sich bloß keiner mehr zu sagen, weil es ja früher auch Leute gab, die behaupteten, früher sei alles besser gewesen. Also noch früher. Das war grundfalsch, denn noch früher war gar nichts besser. Heute aber stimmt's, keine Frage, man muss sich nur mal vor Augen halten, wie es früher war. Zum Beispiel am Beispiel Beispiels, äh, Bielefelds.

Auch hier war nämlich früher alles besser und schöner, und zwar ganz genau zu dem Zeitpunkt als ich jung war, zufälligerweise, ich kann auch nichts dafür. Das war Ende der siebziger bzw. zu Beginn der achtziger Jahre. Damals begann die Stadtregierung mit dem, was sie Stadtsanierung nannte, und plötzlich verwandelte sich Bielefeld für eine historische Minute in eine wirklich bemerkenswerte Stadt.

Es war wie in dem Märchen von der verkehrten Welt. Das Bürgertum hatte die Stadt verlassen und war in schäbige Einfamilienhäuser gezogen, die in Vororten wie Hoberge, Sennestadt oder Niederdornberg-Deppendorf standen, weil das damals eben alle machten, die etwas mehr Geld hatten als die anderen. Dafür zogen wir, die wir viel weniger besaßen als gar nichts, in ihre alten Gründerzeitvillen mit schönem weißen Stuck an den Decken, parkplatzgroßen Balkonen, umgeben von verwilderten Gärten, in denen Trauerweiden und Kastanienbäume wuchsen. Wir wohnten in Altbauwohnungen, die ein paar hundert Quadratmeter groß waren, oder gleich in ganzen mehrstöckigen Häusern, im Westen, im Osten und in der Innenstadt, und das zu Mieten, die uns heute keiner mehr glaubt.

Damals überließ uns die Stadt sogar ein ganzes Viertel, das eigentlich zum Abriss vorgesehen war, aber bis zur endgültigen Demolierung noch warten musste. Die Häuser in dem Viertel hatte man bereits zugemauert, wir zwangen die Stadt, die Mauern wieder einzureißen und uns die Wohnungen zu einem Spottpreis zu vermieten. In einem der Häuser wohnten wir; für fünf Zimmer und eine Küche zahlten wir rund 250 Mark, geteilt durch fünf, also heute rund 25 Euro. Für einen Monat Wohnen, und nicht für zwei Stunden Kino. Als nur ein paar Monate nach unserem Einzug die letzten regulären Mieter auszogen, übernahmen wir auch ihre Wohnung und die zwei Ladenlokale im Erdgeschoss. Die Türen öffneten wir mit einem Dietrich und gaben die Zimmer Leuten, die gerade eine Wohnung suchten. Selbstverständlich zahlten wir für den dazu eroberten Teil des Hauses keinen Pfennig.

Wir lebten früher nicht nur billiger und in den schöneren Häusern, sondern auch genauso, wie wir uns das vorstellten. Störte uns in unserer Wohnung eine Wand, schlugen wir sie heraus, brauchten wir ein Fenster über dem Hochbett, wurde ein Loch in die Hausmauer gestemmt. Wir strichen ganze Treppenhäuser in schwarzweiß, errichteten verwinkelte Podestlandschaften in unseren Zimmern und installierten Hochbadewannen in den Küchen. Das heißt, wir hängten Badewannen in Hochbetthöhe an Balken auf, die auch dann nicht zusammenbrachen, wenn die Wanne voll war. Das war ein wirkliches statisches Wunder.

Dann eröffneten wir in einem der beiden Ladenlokale unsere Kneipe. Zwei Mal die Woche verkauften wir Cola und Flaschenbier, was auch die örtlichen Punks anlockte. Die Punks benahmen sich meistens sehr gut und halfen sogar manchmal beim Kneipe-Putzen, dafür konnten sie sich bei uns billig betrinken. Eine Lizenz für die Kneipe hatten wir nicht, wir zahlten keine Steuern und das Wort »Sperrstunde« war uns unbekannt. Wenn die Punks alles ausgesoffen hatten, schloss einer von uns die Kneipe ab. Manchmal schlief der eine oder andere Irokese noch am nächsten Mittag auf den Kneipensofas, was sich durch die Schaufensterscheibe sehr gut machte. Putzigere Schaufensterpuppen sollte man in Bielefeld nie wieder sehen.

Auch vor unserem Haus machten wir, was wir wollten. Uns gefiel der Blick auf den großen Schotterparkplatz nicht, der sich mitten in der Bielefelder Innenstadt und direkt vor unserer Haustüre zwei, drei Fußballplätze groß erstreckte. Also rissen wir den Parkplatz auf und pflanzten da ein paar fünf Meter große Pappeln hin, zusammen mit den Leuten von der BIS. Die BISler waren die politischeren Sanierungsgegner mit einer sozialarbeiterischen Ader, die uns abging. Wir wollten nur, dass die ganze Stadt so wird, wie wir uns das vorstellten.

Anderthalb Jahre wuchsen die Pappeln auf dem Parkplatz, keine Behörde wagte es, sie zu fällen. Es griff auch niemand ein, wenn wir zu großen Parties die Straße vor unserem Haus kurzerhand sperrten. Wir stellten die Musikbox aus der Kneipe auf die Straße, legten rote Teppiche auf den Bürgersteig und leiteten den Verkehr um die Pappeln herum über den Parkplatz. Dazu lief sehr laute Musik, Punk und Rockzeugs, das man noch bis in die Fußgängerzone hören konnte, von der uns ein breiter Bahndamm trennte. Manchmal spielten wir auch leise Sachen. »As The World Turns«, die B-Seite von Roxy Musics »This Is Tomorow«, lief sehr oft, und eine Zeit lang auch »Calling Occupants Of Interplanetary Craft«, der beste Song der Carpenters.

Schön war es, wenn genau in dem Moment, in dem Karen Carpenter von den »interstellar policemen« sang, ein Polizeiwagen im ersten Gang auf unser Haus zukroch, an der Straßensperre auf den Parkplatz abbog, hinter den Pappeln weiterhoppelte und Richtung Bahndamm wieder verschwand. Sah man dem Wagen nach, konnte man auf der Natursteinmauer des Bahndamms die seltsamste Parole Bielefelds lesen, in großen Lettern, fünfzig Meter lang: »Er schläft nicht mit dir! Er holt sich in dir einen runter.« Das hatte, jeder wusste es, Lydia da hin gepinselt. Und gab uns jeden Tag was über ihr Sexualleben zu denken. Auch das war schön.

Früher war nicht nur die Gegenwart, sondern auch die Zukunft besser. Viel besser, dachten wir, weil immer mehr Leute begannen, so wie wir zu leben. Wer Anfang der Achtziger in Bielefeld jung und schlau war und eine Wohnung suchte, der schaute nicht mehr in den Anzeigenteil der Zeitung, sondern an den Straßenrand nach einem leerstehenden Haus, das er in Besitz nehmen konnte. Im Bielefelder Osten war eine alte Fabrik schon ein paar Jahre in unserer Hand, hier wohnten rund fünfzig Leute. Später wurden noch mehr Häuser im Westen besetzt, sogar in Brackwede und mitten im Teutoburger Wald.

Das Besetzen klappte allerdings nicht immer reibungslos, und manches Haus war genau so schnell wieder geräumt, wie es gestürmt war. So war es auch bei der lustigsten Hausbesetzung Bielefelds, die eigentlich keine war, weil Judith zusammen mit zwei Kinderpunkerinnen aus Hannover in einem Mietshaus nur eine leerstehende Büroetage in Beschlag nahm. Als die drei die Tür aufbrachen, fanden sie dahinter rund hundert Ordner voll mit alten Firmenakten. Die Mädchen schafften erst mal Ordnung. Das heißt, sie nahmen die Aktenordner und schmissen sie aus den Fenstern auf die Straße, wobei sie wilde Parolen riefen. Vielleicht wäre die Besetzung ansonsten gar nicht bemerkt worden, aber das war nun doch ein bisschen zu viel. Am nächsten Morgen räumte die Polizei die Etage und nahm die drei Besetzerinnen vorläufig fest. Abends saßen dann die beiden blutjungen Punkerinnen bei uns in der Küche. Sie jammerten sehr theatralisch, bis noch in der Nacht ihre besorgten Eltern kamen, sie gerührt in die Arme schlossen und wieder zurück mit nach Hannover nahmen.

Mag aber auch sein, dass die Besetzung von Mike Rettich, Kaufi und dem bärtigen Dieter lustiger war. Diese drei klebten eines Tages einen Zettel an die Tür eines gerade leer stehenden Zimmers in unserer Wohnung. Auf dem Zettel stand »Dieses Zimmer ist besetzt«. Die drei erklärten, sie würden es jetzt nie wieder verlassen. Wir fanden das gar nicht lustig, obwohl doch das Besetzen eines sowieso schon besetzten Zimmers in einem besetzten Haus mindestens doppelt komisch war. Oder dreifach.

Das Leben war früher einfach interessanter, es passierte viel mehr an einem Tag. Das lag daran, dass wir verschiedener waren als später, und nicht nur aus heilen Mittelstandsfamilien kamen. In dem besetzten Zimmer zum Beispiel hatte vorher Sabine gewohnt. Sie war schizophren und aus dem Gütersloher Landeskrankenhaus davongelaufen, wo man mit ihr nicht fertig wurde. Sie hatte sich das Zimmer selbst mit erdfarbenen Dämonen vollgemalt und schrie manchmal die Nächte durch, weil sie glaubte, in ihrem Sessel lebe Dr. Oetker. Zu uns gehörten Alkoholiker, Jobber, Krankenschwestern, Kleinkriminelle, Zimmerleute, Rocker, Verkäufer, Drogensüchtige, Handweberinnen, LKW-Fahrer, Penner, Schüler, Dealer, Debile und Studenten, wobei es einige Überschneidungen gab, besonders bei den Drogis, Debilen und Studenten. Grundsätzlich aber galt: Je weiter weg von der Gesellschaft der Durchschnittsmenschen, desto besser, je weniger Geld, desto angesehener, je körperlich kaputter, desto höher der Status.

Und dann gab es noch die »Johannislust«. Das war die Keimzelle unserer Gegenwelt. Die alte Villa lag kurz unterhalb des Johannisberggipfels und war mal ein beliebtes Ausflugslokal gewesen. Irgendwann zu Beginn

der Siebziger wurde das Haus, das einer zerstrittenen Er-
bengemeinschaft gehörte, von ein paar Freaks übernommen, wie sich die Hippies früher selber nannten. Anfangs
war die »Johannislust« eine normale Hippiekneipe. Dann
traten im riesigen Garten die ersten Bands auf, das
Schlagzeug stand dabei auf ein paar Holzbrettern. Aus
den Brettern wuchs mit der Zeit eine richtig große über-
dachte Bühne, davor Bänke für ein paar hundert Zuschauer. Und während sich das »Johannislust«-Haupt-
haus über die Jahre in eine dunkle psychedelische Höhle
verwandelte, in der sämtliche Zimmerwände wie durch
Zauberhand verschwanden, zogen im hinteren Teil des
Gartens und im angrenzenden Wald immer mehr Leute in
neu gebaute Baumhäuser und Hütten.

Wir waren damals alle auf der »Lust«, immer wieder.
Wir fuhren mit alten Citroëns, Heckflossendaimlern und
Ford Capris den Johannisberg rauf – auch unsere Autos
waren früher besser und schöner –, wir trafen uns da
abends, am Wochenende, zu Ostern und Pfingsten. Wir
betranken und bekifften uns, lungerten auf den Bänken
herum oder starrten in die Flammen des großen Feuers
direkt vor der Bühne. Wir sahen uns die Band an oder das
seltsame Umwelttheaterstück, fanden das Stück scheiße,
die Band aber gut, traten nach den herumlaufenden Kö-
tern, liefen nackt herum oder auch nicht. Wir verlachten
die sporadisch wegen Lärmbelästigung auftauchenden
Polizisten, setzten uns irgendwann in der Nacht in unsere
schönen Autos und fuhren zurück in eine echte Stadt, die
wirklich uns gehörte, na, wenigstens zum Teil.

So war das also früher. Und jeder, der damals lebte und
sich erinnern kann, wird zugeben müssen, dass es besser
war. Viel besser. Es ist wahr: Dieser Satz war lange Zeit
ein Satz der Einfältigen und Stumpfen. Er würde auch
heute nicht stimmen, wenn es seit der hier beschriebenen
Zeit so etwas wie einen Fortschritt gegeben hätte – wie es
sich für den Fortgang von Geschichte eigentlich gehört.
Rätselhafter Weise aber fiel der Fortschritt in Bielefeld

danach aus. Heute ist deutlich zu erkennen, dass diese Stadt Mitte der Achtziger den Höhepunkt ihrer städtischen Existenz erlebte, um sich danach nur noch zurückzuentwickeln.

Das lag daran, dass bei der Stadtsanierung etwas schief lief. Eigentlich sollte in ihrem Verlauf, so erklärte es uns die Stadtregierung, das alte Schlechte durch neues Besseres ersetzt werden. Notwendig sei das, damit sich auch das Leben in der Stadt verbessere. Doch als die Sanierung dann Gestalt annahm, stellte sich heraus, dass sie nichts weiter war als ein Programm zur kompletten Demolierung. Erst räumte man mit uns und unseren Häusern auf. Das schöne Viertel mit seinen Gründerzeithäusern wurde 1982 dem Erdboden gleichgemacht, an seiner Stelle ein Parkhaus und ein Abschnitt des Ostwestfalendamms errichtet. Ein Jahr später musste die besetzte Fabrik durchschnittlichen Wohnhäusern weichen. Und wo einmal die »Johannislust« war, ist heute nichts weiter als ein Stückchen Wald.

Wäre es bei diesen Verwüstungen geblieben, man hätte Bielefeld vielleicht noch retten können. Die Stadtplaner, Baudezernenten und Architekten aber leisteten mehr als ganze Arbeit. Kein konventioneller Bombenangriff kann je so viel zerstören, wie sie es taten. Sie trugen ganze Berge ab, schütteten hübsche Täler zu und radierten komplette Landschaften von der Erdoberfläche. Sie zerstückelten alte Villenviertel und sprengten Industriedenkmäler. Selbst Friedhöfe demolierten sie. Sie zertrümmerten, begradigten und planierten, als hinge ihr Leben davon ab, alles Interessante, Historische, Spektakuläre und Abweichende auszulöschen.

Dann versuchten sie, alles wieder aufzubauen. Erst bauten sie ein paar große Kaufhäuser ohne jedes Fenster und nannten sie Horten oder Quelle. Später bauten sie Kaufhäuser mit ganz vielen Fenstern und nannten sie Passagen. Sie knallten eine grotesk überdimensionierte Badewanne mitten in die Stadt und nannten das Ding

Stadthalle. Sie bauten irgendetwas, setzten oben eine US-Fahne aus Blech drauf und nannten das – wirklich wahr – Amerikahaus. Sie bauten etwas Scheußliches mit viel Glas an den Seiten und wussten selbst erst gar nicht, was das war und sollte. Später schrieben sie einfach »Pizza Hut« dran. Die schlichte Normaluhr am Jahnplatz ersetzten sie durch einen irgendwie postmodernen Pflock. Der steht jetzt da wie ins Herz der Stadt gerammt und soll wohl ein Zeichen dafür sein, dass man es geschafft hat, die Stadt vollends zur erledigen.

Kein Mensch aber lebt besser, wenn die Zeit auf Pflöcken angezeigt wird. Der Lebensstandard steigt nicht, wenn man denkmalgeschützte Fassaden mit etwas beschmiert, das wie Scheiße aussieht, aber noch nicht mal welche ist. Es bringt auch nichts, wenn man in eine Stadt schneller rein fahren kann, dort aber nichts weiter vorfindet als einen Stadtkadaver. Besser lebt der Mensch, wenn er von Architektur umgeben ist, in der sich wenigstens eine intelligente Idee widerspiegelt. Er lebt auch besser, wenn er für die Wohnung, in der er lebt, so wenig arbeiten muss wie möglich. Der Mensch lebt besser, wenn er so lebt wie wir vor vielen Jahren in unserer Gegenwelt.

Mit dem Verschwinden dieser Welt sind auch wir verschwunden. Wir haben uns aufgelöst und sind in der Masse aufgegangen, die sich mit allem abfindet, auch mit Bielefeld. Der Krieg der Bielefelder gegen ihre Stadt geht trotzdem immer weiter. In Bielefeld ist man fest entschlossen, auch noch die letzte Spur von Schönheit aus der Stadt zu tilgen. Noch im Jahr 2000 wurde, vollkommen unfassbar, ein elegantes, lichtdurchflutetes Hallenbad aus dem Jahr 1956 zertrümmert. Kurz darauf eröffnete man ein »Neues Bahnhofsviertel« und protzte in aller Welt mit dessen Industriegebiets- und Dorfdiscoarchitektur.

Die neue Straße, die durch dieses architektonische Gerümpel führt und eigentlich »Bauerntrampelpfad« heißen müsste, bekam den Namen »Boulevard«. Das lässt für die

Zukunft einiges erwarten. Wenn eines Tages das, was von Bielefeld übrig geblieben ist, so aussieht, wie die Ausfahrt zu einer beliebigen Autobahntankstelle, dann werden sie auch diesem Stadtmatsch einen neuen Namen geben. Wahrscheinlich nennen sie ihn dann: Paris.

Sha Ka Re

Zum ersten Mal der große Durchblick (46 Jahre)

ES GIBT KEINE ZUFÄLLE IM LEBEN. Alles, was uns passiert, folgt einem festgelegten Plan. Unsere Aufgabe scheint es zu sein, den Plan zu erkennen. Und wer dahinter steckt. Dass ich zum Beispiel einmal für kurze Zeit Neuköllner war, dahinter steckten die Chinesen. Und dahinter, dass ich kein wirklicher Neuköllner wurde, auch. Es hat ein wenig gedauert, bis ich das herausbekam.

Alles begann 1998, als ich noch in Frankfurt lebte. Ich hatte gerade ein Buch geschrieben, in dem ich mich mit der lokalen grünen Mafia angelegt hatte. Das Buch war noch nicht erschienen, aber ich wusste, wäre es erst mal raus, die Grünen hier würden mir das Leben zur Hölle machen. Podiumsdiskussionen, Getuschel, Hausverbote, solche Sachen.

Außerdem war mir die Frau davongelaufen, mit einem Giftgasproduzenten. Sein Giftgas brachte täglich ein paar ganz kleine Kinder um, irgendwo da unten, in der dritten Welt, aber er hatte Geld. Ich hatte keins. Die Frau hatte also die Gelegenheit genutzt, und mir den Laufpass gegeben, als ich in der psychiatrischen Klinik war. Ich konnte sie gut verstehen, aber ich musste weg aus Frankfurt. Für mich gab es hier keine Zukunft.

Ich wollte nach Berlin. Das war nicht einfach. Ich hatte

immer noch die teure Wohnung am Hals, mit Parkett, Farbstuck, Gästeklo und einem Zeitmietvertrag, aus dem ich nicht herauskam. 2000 Mark Miete waren jeden Monat fällig. Ich hatte keine Ahnung, wie ich die bezahlen sollte.

Da lernte ich Lydia kennen. Lydia hatte eine kleine Wohnung in Neukölln, brauchte aber dringend eine viel zu große und zu teure Wohnung in Frankfurt. Lydia zog also bei mir ein, und ich zog in ihre Wohnung nach Neukölln. Mit einem Mal schienen alle meine Probleme gelöst. Aber eigentlich fingen sie erst an.

Lydia war nämlich Sinologin, und damit kamen die Chinesen ins Spiel. Die Chinesen hatten schon einmal in meinem Leben eine große Rolle gespielt. Das war in meiner Jugend, als ich in einer maoistischen K-Gruppe so halbes Mitglied war. Was aber damals, in den siebziger Jahren, die K-Gruppen waren, das sind heute die deutschen Sinologinnen. Sinologinnen, genau, denn es gibt praktisch keine Sinologen. Die Sinologinnen sind alle sehr, sehr gut miteinander bekannt und bilden eine triadenähnliche Geheimgesellschaft, die überall ihre Stützpunkte hat.

Als ich meine erste Sinologin kennen lernte, hatte ich davon natürlich nicht die leiseste Ahnung. Das war in Albanien, einem Land, das auch einmal mit China verbündet war, und die Sinologin hieß Carola. Sie stand am Anfang einer Kette von Ereignissen, die von nun an wie die Zahnräder eines Uhrwerks ineinander griffen. Die Sinologin Carola kannte nämlich die Sinologin Renate, die wusste, dass die Sinologin Lydia einen Job suchte. Carola vermittelte Lydia eine Stelle bei einer chinesischen Bank in Frankfurt und sie mir als Untermieterin. Es war also überhaupt kein Zufall, dass ich Lydia kennen lernte. Ich bekam sie vom Sinologinnennetz auf einem silbernen Tablett serviert.

So landete ich in Lydias Wohnung in Neukölln, in der Reuterstraße, im ersten Stock. Es war eine von diesen

Wohnungen, die es schon vor Jahrzehnten in Berlin gegeben hatte, und die es wahrscheinlich immer geben wird. Sie hatte Ofenheizung und Balkon und selbst angemalte bunte Wände. Über der Spüle hingen gewellte Familienfotos und im Flur goldene chinesische Schriftzeichen auf roten Pappen. An jedem Gegenstand in Lydias Wohnung haftete dieser heimelige Siebziger-Jahre-Muffgeruch, eine Mischung aus nicht gegossener Blumenerde, zu feuchter Bettwäsche und altem Kaffeesud. Draußen auf der Straße schien die Sonne und türkische Kinder spielten Abstechen und Erschießen auf dem Kopfsteinpflaster.

Ich war an diesem Samstag übermüdet aus Frankfurt gekommen. Als ich die Wohnungstür aufschloss, mochte ich das, was ich sah, auf Anhieb. Besonders gefiel mir, dass diese Wohnung mich nicht nervös machte. Genauso wie der ganze Kiez. Alles hier in Neukölln strahlte eine entschlossene Ehrgeizlosigkeit aus, was mich sehr beruhigte. Wie anders Frankfurt, meine Ex-Frau und mein Parkettpalast. Die hatten mich beinah für immer ins Irrenhaus gebracht.

Ich blieb den ersten Abend in meiner neuen Heimatstadt zu Hause. Zum ersten Mal seit langer Zeit sah ich wieder fern. Es lief »Star Trek 5 – Die letzte Grenze«, der gemeinhin als der schlechteste Film aus der Star-Trek-Serie gilt. Ich fand ihn gut. Am Ende des Films treffen Pille und Captain Kirk den lieben Gott. Gott lebt am äußersten Rand der Galaxis auf einem desolaten Planeten namens Sha Ka Re. Ich glaubte zu begreifen: Diese Wohnung hier in Neukölln – das war mein Sha Ka Re. Desolat, ein bisschen öde, am äußersten Rande der Galaxis gelegen, aber das dringend benötigte Sedativ.

Da wollte ich für immer in der Wohnung bleiben, für immer in Neukölln. Ich wollte mich im weißen Feinripp-unterhemd auf den Balkon setzen, wollte den türkischen Kindern beim Spielen zugucken, wollte zusehen, wie die Sonne die angewelkten Blumen in den Kästen versengt und der graue Neuköllner Regen sie wieder aufrichtet. Ab und zu wollte ich einkaufen gehen, ich hätte Bier geholt und Fertigpizza, mein weißes Unterhemd hätte gelbe Flecken bekommen, erst einen, dann immer mehr, und so wäre ich mit den Jahren zu einem wirklichen Neuköllner geworden.

Gleich am nächsten Tag wollte ich mit meiner neuen Existenz beginnen. Doch vorher musste ich noch die Sache mit der Hose erledigen. Lydia hatte sie mir in Frankfurt in die Hand gedrückt: »Die Hose gehört meiner Freundin Melanie. Ich habe sie aus Versehen mitgenommen. Bist du so nett, und bringst sie ihr vorbei? Es ist Mellis Lieblingshose. Sie braucht sie dringend.«

Ich ging also am nächsten Tag zu Melanie, unter dem Arm die Hose. Melanie wohnte in Schöneberg und war recht hübsch, hatte lange blonde Haare, eine niedliche Nase, gezupfte Augenbrauen, das alles eben. Seltsamerweise schien ihr die Hose recht egal zu sein. Sie lud mich aber zum Frühstück ein. Wir tranken Kaffee, gingen spazieren, tranken wieder Kaffee, gingen wieder spazieren und als wir genug vom Kaffeetrinken und Spaziergehen hatten, gingen wir zusammen ins Bett.

In der nächsten Woche kündigte Lydia überraschend ihren neuen Job in Frankfurt. Sie zog aus meiner Wohnung wieder aus, zurück in die Neuköllner Reuterstrasse. Das Feinrippunterhemd und Sha Ka Re konnte ich vergessen. Das machte aber nichts, denn gerade entwickelte sich mein Leben ganz wunderbar. Mein Buch wurde von einem Tag auf den anderen ein Bestseller, ich scheffelte Millionen.

Von dem Geld leistete ich mir eine schöne Dachgeschosswohnung zur Miete in Kreuzberg. Das Frankfurter Wohnungsproblem löste sich ganz von allein. Ich hatte die Wohnung gerade leer geräumt und meine Möbel nach Berlin geschafft, da lief ein Stockwerk drüber im Badezimmer der verstopfte Ausguss über. Das Wasser sickerte durch die Zimmerdecken und verwandelte den Parkettpalast in einen unvermietbaren Sumpf. Wohl oder übel musste mich der Vermieter aus dem Knebelvertrag entlassen.

Mein unbegreifliches Glück währte nicht lange. Nach ein paar Monaten wurde Mellie schwierig. Ich wollte ein lockeres Verhältnis, Melanie aber heiraten und ein Kind. Und noch eins, später. Sie hätte ihr Ziel wohl irgendwann erreicht, wenn sie es nicht so ausgesprochen verbiestert verfolgt hätte. Doch dann fand ich eines Tages alles heraus. Melanie arbeitete in der Marketingabteilung der GASAG. Ein unverdächtiger Job. Aber davor, da hatte sie … Sinologie studiert. »Und was war das mit der Hose?« »Kannste dir ja wohl denken…«, sagte Melanie wenig schuldbewusst. Ich konnte. Und wollte nicht, dass andere über mein Leben entscheiden: Sinologinnen, Chinesen, Hosen. Noch am selben Tag machte ich mit Mellie Schluss.

Ich hätte es nicht tun sollen, aber ich hatte ja damals keine Ahnung. Nach der Trennung ging es mit mir jedenfalls wieder steil bergab. Die Steuer raubte mir meine Buchmillionen. Neue Aufträge blieben aus. Die Kreuzberger Wohnung war nicht mehr zu bezahlen. Ein paar Monate später stürzte ich in einem Fernsehstudio so schwer, dass ich fast starb. Und als ich das Krankenhaus nach einem Vierteljahr wieder verlassen konnte, wurde ich Mitglied in einem Internet-Forum. Tiefer konnte ich kaum sinken.

Es dauerte etwas, bis ich verstanden hatte. Es dauerte bis zum letzten Jahr. Da setzte ich mich in den Zug und fuhr zu Carolas Hochzeit nach Frankfurt. Auf der Hochzeitsfeier waren natürlich eine Menge Sinologinnen. Ich aber hielt mich erst gar nicht mit der Hilfstruppe auf, sondern ging sofort hinüber zu den Chinesinnen. Eine von ihnen, die schönste und beste, ist heute meine Frau.

Mit meiner bezaubernden chinesischen Frau lebe ich nun schon seit einer Weile in Singapur, unter Millionen von Chinesen. Ich gehe mit Chinesen aus, ich esse nur chinesisch, ich sehe chinesische Nachrichten und ich spiele mit Chinesen »Fünf in einer Reihe«. Denn alles im Leben ist vorgezeichnet. Unsere Aufgabe scheint es zu sein, den Plan zu erkennen. Und wer dahinter steckt. Der Plan zu meinem Leben stammt offensichtlich aus China; Chinesen haben ihn für mich gemacht. Warum das so ist – ich habe keine Ahnung. Ich weiß nur, dass es richtig ist.

Neanderthal Man

Zum ersten Mal Sex (13 Jahre)

ZUM ERSTEN MAL KAM ES MIR, als »Neanderthal Man«
von den Hotlegs im Radio lief. Der Song war unglaublich
monoton, zum Wichsen sehr geeignet. Der Text ging so:
»I'm a Neanderthal Man – you're a Neanderthal girl –
let's make Neanderthal love – in this Neanderthal world«.
Es muss irgendwann im September 1970 gewesen sein,
denn »Neanderthal Man« ging in der ersten September-
hälfte in den deutschen Charts auf Platz 10, und in der
zweiten auf Platz 5. Ich rieb an mir herum und plötzlich
kam es mir gewaltig. Ich war völlig überrascht und
dachte: »Das ist jetzt also dieser Samenerguss.« Ich war
dreizehn damals. In der ersten Oktoberhälfte war »Neanderthal Man« auf Platz 4, die höchste Position, die dieser
Song in Deutschland erreichte. Gleichzeitig ging »Mama
told me not to come« von Three Dog Night auf Platz 12.
Eine seltsame Koinzidenz. Zum Glück hatte meine Mutter Ähnliches nie verlauten lassen. Sonst hätte ich wohl
ein Problem gehabt.

Meine Mutter hatte mir gar nichts erzählt, auch nicht
mein Vater. Das war mir auch ganz recht. Ich hatte mich
aber auf das Ereignis trotzdem gründlich vorbereitet. Ich
wusste über das Körperliche Bescheid, aus Porno-Maga-
zinen, die ich im Wald gefunden hatte, wo Penner auf
feuchten Matrazenlagern mit ihnen Sex gehabt hatten.

Außerdem hatte ich Fanny Hill gelesen, das einzige erotische Buch, das in der Bibliothek meiner Eltern stand. Sie hatten es nicht versteckt, weil sie dachten, wir Kinder wären noch zu klein, um uns für solche Sachen zu interessieren. Wie alle Erwachsenen hatten sie mich unterschätzt. Ich war nur überrascht von der Gewalt der Explosion, die mich bis ins Mark erschütterte und auf die verrutschenden braunen Teppichbodenfliesen meines Kinderzimmer warf.

Ich wusste schon vorher, dass ich mich bald für Mädchen interessieren würde. Deshalb las ich neben anderen Sachen auch Mädchenbücher, in denen Ponys, Internate, Hündchen, Giraffen und die besten Freundinnen vorkamen. Die Bücher waren öde, aber ich dachte, wenn ich sie lesen würde, würde ich Mädchen besser verstehen. »Dann habe ich einen Vorteil«, dachte ich, »wenn es demnächst losgeht.« Dass das ein Irrtum war, ahnte ich noch nicht.

Ich glaube, ich war schon vor dem Ereignis diffus verliebt, in ein Mädchen aus dem Konfirmandenunterricht. Es kann aber nicht so schlimm gewesen sein, denn ich kann mich heute nicht mehr an es erinnern. Nach der ersten Begegnung mit dem »Neanderthal Man« wurden die Gefühle konkreter. Es stellten sich auch sofort Sexualsorgen ein. Ich war fest überzeugt, dass ich niemals in einer Vagina kommen könnte. Nach allem, was ich gelesen hatte, war sie viel weicher als meine Hand. Und mit der hatte ich sicher über eine viertel Stunde schwer gerieben, bis es dann passierte. Wie sollte ich einen Orgasmus ohne diesen Widerstand bekommen? Wenn ich damals schon gewusst hätte, dass sich diese Sorgen später eher in die andere Richtung entwickeln würden. Und dass sich in einer fernen Zukunft eine ganze Industrie auf diese Sorgen gründen wird...

Trotzdem hätte ich es gerne sofort mit einer Vagina ausprobiert. Ich verliebte mich auch schnell richtig schwer. C. war die beste Freundin meiner Schwester. Sie war ein Jahr jünger, aber interessierte sich nicht für mich. Und ich wusste auch partout nicht, wie ich sie dazu bringen konnte. Sie einfach zu fragen, kam natürlich nicht in die Tüte. Dazu müsste ich erst einmal in besserer körperlicher Verfassung sein. Ich begann, Klimmzüge an der Teppichstange in unserem Garten zu machen. Es dauerte nicht lange, da hörte ich im Radio, Muskeln seien out und Frauen stünden neuerdings auf softere Typen. Einerseits ärgerte ich mich, dass ich mich ganz umsonst angestrengt hatte. Andererseits hatte sich meine Muskulatur bisher noch nicht großartig verändert. Ich hörte jedenfalls sofort mit den Klimmzügen auf. Mein erste Liebe aber fand an meiner Softness trotzdem keinen Gefallen. Sie hat nie erfahren, dass ich etwas von ihr wollte. So weit ich weiß, lebt sie heute in der Psychiatrie.

Mit der Vagina wurde es auch in den nächsten Jahren nichts. Das hatte verschiedene Gründe. Einer war, dass Mädchen in meinem direkten Lebensumfeld praktisch kaum vorkamen. Ab dem neunten Lebensjahr ging ich auf ein reines Jungsgymnasium. Weil es die einzige altsprachliche Schule weit und breit war, durften sie auch einige wenige Mädchen besuchen. Sie brauchten dafür eine Ausnahmegenehmigung. In eins dieser Ausnahmemädchen verliebte ich mich als nächstes. Jetzt wusste ich schon das Gefühl gut zu deuten, das jedes Mal wie eine Krankheit über mich kam. Ich wusste aber noch nicht, was ich damit anfangen sollte.

Ich dachte, wenn ich nur alles über meine Geliebte in Erfahrung brächte, würde sie eines Tages wie von selbst mein. Also begann ich sie zu beobachten. Täglich notierte ich mir, was sie trug. Welche Farbe ihre Bluse hatte, ob sie eine Hose trug oder einen Rock, ob die Socken einfarbig oder geringelt waren. Ich hatte eine richtige Tabelle, in die ich die Kleidungsstücke eintragen konnte. Nach ein paar Wochen kannte ich den Inhalt ihres ganzen Kleiderschranks. Das machte mich etwas mutiger. Als unsere Klasse für ein paar Wochen in einem Landschulheim einquartiert war, hockte ich stundenlang auf der Treppe vor dem Zimmer, in dem sie wohnte. Kam sie heraus, sah ich sie nur schweigend an. Leider kam sie nicht drauf, was das sollte. Aus ihren schönen braunen Augen lachte sie mich nur groß an. In mir explodierten Atombomben des Glücks. Aber mein Mund blieb fest geschlossen.

Die ganze Pubertät über verfolgte ich beim Mädchenerobern das Schweigekonzept. Auf Partys saß ich meistens in einer Ecke und versuchte sie mit romantischen Blicken anzulocken. Das Ansprechen sollten sie dann übernehmen. Das schien mir nur logisch. Denn erstens wusste ich gar nicht, was ich sagen sollte, und zweitens sollten die Mädchen mich haben wollen. War ich nicht das größte Geschenk an die Frauen dieser Welt? Daran konnte es keinen Zweifel geben. Warum aber nahmen sie es einfach nicht an?

Dann, auf einer Schulparty, tanzte ich plötzlich doch mit einer den halben Abend Blues. Sie war sehr schön und schmal und roch nach warmer Haut und Puder. Sie ging auf das benachbarte Mädchengymnasium und ich berührte in dieser Nacht zum ersten Mal durch den Pullover eine Frauenbrust. Es war wie im Traum. Vor allem aber hatte sie mich zum Tanzen aufgefordert, was mich sofort größenwahnsinnig machte. Wir verabredeten uns am nächsten Montag am Zaun unserer beiden Schulen, wo sich gewöhnlich die Jungs trafen, die schon was mit Mädchen hatten. Auch einige aus meiner Klasse standen hier herum. Nachdem sie mich mit dem Mädchen gesehen hatten, kommentierten sie: »Die sah ja leider nicht so gut aus.« Als sie das sagten, veränderte sich etwas in meinem Kopf, und danach war ich ihrer Meinung. Beim nächsten Treffen log ich ihr was vor von einem Onkel, der zu Besuch kommen würde und um den ich mich in den nächsten Wochen kümmern müsste. Sie verstand sofort, sagte aber nichts.

Heute schäme ich mich für diese miese Lüge. Damals

hatte ich nicht die geringsten Skrupel. Ich dachte nur, der ersehnte Geschlechtsverkehr stünde bald bevor. Hatte die Party nicht gezeigt, dass die Frauen auf mich fliegen? Jetzt, wo der Bann gebrochen war, würde schon sehr bald eine Bessere kommen, mich in ihr Bett ziehen, und dann würde das so weiter gehen. Nur zog das Romantischkucken auch nach meiner Zufallseroberung nicht besser als zuvor. Obendrein machte ich auch noch andere Fehler. Ich quatschte am Anfang jeder Party nur mit Jungs, so dass ich den richtigen Moment verpasste, mit einem Mädchen anzubandeln. Überhaupt hatte ich von Timing keine Ahnung. »Sie dürfen nicht gerade frisch verliebt, verheiratet oder schwanger sein. Ihre Kinder seien älter als fünf Jahre. Gut ist es, wenn der Eisprung bevorsteht oder ihr Mann sie schlägt. Dann kannst du es wagen. » So steht es bekanntlich im Koran. Aber ich las ja damals nur Novalis, Dostojewskij und die Mao-Bibel.

Wie ich zu dem Mädchen kam, das in meiner eigenen Geschichtsschreibung offiziell die Rolle der ersten Freundin einnimmt, habe ich vergessen. Ich weiß nur, dass H. blonde Locken hatte und ein feingeschnittenes Gesicht. Präzise kann ich mich an den Baum erinnern, unter dem wir uns küssten. Es war eine gut aussehende Kastanie und mir leuchtete das Prinzip Zungenkuss sofort ein. Ich wollte natürlich gleich mehr von ihr. Ich nutzte alle möglichen Vorwände, um mich mit ihr in meine Kinderzimmerhöhle zu verkriechen und hier endlich Neandertaler-Liebe zu machen. Auf dem Bett kam ich nie weiter als bis zum Knopf ihrer Jeans. Dann wehrte sie meine Hände ab und sagte: »Komm, das Wetter ist so schön. Lass uns nach draußen gehen.« Beim Laufen erzählte sie mir, dass ihr meine Seehundfelljacke mit Persianerkragen, die ich aus der Brockensammlung hatte, unglaublich gut gefiel, und meine langen Haare: »Schneide sie bitte niemals ab. Bitte, bitte!« Ich versprach es und versuchte, mit ihr über Unverfängliches zu plaudern. Doch eigentlich musste ich an den Dauerständer und die dicken Eier denken, die so schmerzten, dass ich kaum einen Schritt mehr gehen konnte. Kein Wunder: Ich war siebzehn und hatte jetzt schon vier Jahre auf den ersten Geschlechtsverkehr gewartet. Und das jeden verdammten Tag. Wie sollte man da eigentlich Schularbeiten machen?

Ich sollte noch länger warten müssen, denn ungefähr zweieinhalb Wochen später hatte ich keine Freundin mehr. Sie rief mich zu Hause an und sagte: »Ruf mich bitte gleich nicht zurück.« Da wusste ich, was die Stunde geschlagen hatte. Später erfuhr ich, dass sie zu einem ehemaligen Klassenkameraden übergelaufen war, den man wegen irgendetwas von der Schule geschmissen hatte. Ich wunderte mich: Der Typ hatte nicht nur ein schiefes Gesicht, er hatte auch viel kürzere Haare. Noch später hatte sie etwas mit einem verwachsenen Zwerg. Ich musste mir immer vorstellen, wie sie mit ihm das tat, was sie mir nie erlaubt hatte. Irgendwann hat sie sich dann umgebracht.

Ich behalf mich in der Folgezeit mit jungen nackten Frauen aus Papier, die ich am Kiosk am Betheleck erstand und die ich unter meinem Pullover in mein Zimmer schmuggelte. Die meisten von ihnen lebten in der Zeitschrift *Sexy*, einem Softpornomagazin von einer solch erschreckenden Harmlosigkeit, dass man es heutzutage als Malheft im Kindergarten auslegen könnte. Meine Lieblingsrubrik war hier eine Fotoseite, auf der sich jedes Mal eine Angehörige einer anderen Nationalität nackt präsentierte. Ich nahm mir vor, dass ich es in meinem späteren Leben mit jeder Nation mindestens einmal treiben würde. »Und wenn ich durch bin«, sagte ich mir, »fange ich wieder von vorne an.« In diesem Alter glaubt man ja, das Leben sei unendlich und man habe alle Zeit der Welt.

Nein, das stimmt nicht. In Wirklichkeit glaubte ich, mir liefe die Zeit davon. Allgemein wird ja erzählt, dass sich die gefühlte Lebenszeit mit zunehmenden Alter beschleunigt. Bei mir war es genau umgekehrt. Aber was konnte ich schon dagegen machen? Besonders clever war ich nicht, dazu noch schüchtern und unentschlossen. Also versuchte ich die Zeit ohne Geschlechtsverkehr mit Alkohol, Gras und Maoismus zu verlangsamen. Und dann schlief ich doch plötzlich mit der ersten. Ich kann mich kaum daran erinnern, weil ich so betrunken war. Ich war Neunzehn und schon bei der Bundeswehr; es passierte im Heimaturlaub. Das muss man sich vorstellen: Ich war noch »unberührt«, als ich zur Armee kam. Ich hätte dieses ganze Land mit all seinen Frauen in einem Krieg verteidigen müssen, ohne dass sich vorher eine meiner erbarmt hatte. Ich hätte sterben können, zerfetzt von einer Kugel oder überrollt von Panzerketten, ohne es getrieben zu haben. Insgesamt waren es fast sechs geschlechtsreife Jahre ohne richtigen Sex. Da erzähle noch einer was von goldener Jugendzeit. In der Hölle ist es angenehmer.

Nach dem ersten Sex ging es dann los. Wenn mich die Unterlagen, die ich gerade erhalten habe, nicht trügen, schlief ich in den nächsten Jahren mit 61 Frauen. Neun von ihnen wurden meine festen Freundinnen und eine meine Frau. Mit vier von ihnen hatte ich etwas, was man als längeres Techtelmechtel bezeichnen könnte. Dazu kamen fünf Frauen, mit denen ich eine platonische Beziehung hatte. Mit 35 weiteren tauschte ich bloß Zungenküsse aus, und 67 betete ich längere Zeit aus der Ferne an, ohne dass daraus etwas wurde. Einmal schlief ich aus Gründen der Bewusstseinserweiterung mit einer Prostituierten, ein anderes Mal kam beim Sex später Geld ins Spiel.

Leider bekam ich im Gegenzug für Sex niemals Geld, dafür manchmal was zu essen. Bei dem restlichen Geschlechtsverkehrgeschichten handelt es sich um One Night Stands, Zufälle, Verlegenheitssex, eklatante Irrtümer, Sex aus Zuneigung, anfallartige Verliebtheit, Selbstmitleid oder weiß nicht (23 Prozent). Oft waren beide Parteien betrunken oder standen unter anderen Drogen, was den Sex oft sehr viel besser macht, aber auch dazu führte, dass ich heute den Namen von vier meiner Sexualpartnerinnen nicht weiß, weil ich ihn niemals erfahren habe.

Wenn man es genau nimmt, wären noch 32.661 Sekundenverliebtheiten zu addieren, in U-Bahnen, Theatern, Seminaren, auf der Straße, in Bars und Kneipen, die auf etwa 10.950 intensivere Augenkontakte hinausliefen, von denen ich etwa der Hälfte nicht standhielt und die Augen zu Boden schlug. Auch was den Sex angeht, könnte ich ins Detail gehen, denn ich habe jetzt auch diese ganzen Daten vor mir. Doch nutzen sie nicht viel, weil hier das Wesentliche nicht vorkommt. Angesichts der Tatsache, das seit Anbeginn der Zeit etwa 110 Milliarden Menschen gezeugt und geboren wurden, kann man außerdem die üblichen Abläufe als allgemein bekannt voraussetzen. Medizinisch lief das ganze Rumgemache auf zwölf Mal falschen Schwangerschaftsalarm, zwei Mal längeren Jacutin-Gebrauch, drei Untersuchungen auf Pilze und einen AIDS-Test hinaus. Und von den anvisierten 192 Mitgliedsländern der Vereinten Nationen habe ich am Ende nur sieben geschafft.

Aber durch gehabten Geschlechtsverkehr wird natürlich nichts besser, außer, dass man nicht mehr die ganze Zeit daran denken muss, dass man unbedingt Geschlechtsverkehr haben will. Im Gegenteil: Eigentlich wird das Leben jetzt noch schwieriger. Problemlieferant Nummer Eins sind die Beziehungen, die auf den Sex folgen wie der Wetterbericht auf die Tagesschau. Mit den zehn Frauen, mit denen ich länger zusammen war, führte ich nach den mir hier vorliegenden Papieren, insgesamt 32.753 längere Diskussionen über wirklich jeden erdenkbaren Gegenstand, wobei sich – ja, auch das ist inzwischen unzweifelhaft bewiesen – in 29.998 Fällen die jeweilige Frau in heillose Widersprüche verwickelte und definitiv Unrecht hatte. Wir stritten 5.673 mal um Kleinigkeiten, 2.214 mal über Gegenstände mittlerer Bedeutung und 123 mal war der Streit existentiell. Dabei fielen ungezählte Male auf beiden Seiten die Sätze: »Du machst mich wahnsinnig«,

»Hör mir doch wenigstens ein einziges Mal zu«, »Wenn es dir nicht passt, kannst du ja nach Hause gehen« und »Soll ich mal meine Kapuze abnehmen, damit du siehst, wie blöd du bist«. Am Ende trennten sich fünf Frauen von mir und ich trennte mich von vier. Es steht also 5:4 für die Frauen, denn mit einer Frau war ich bis eben noch zusammen.

Hatte ich mit einer Frau Schluß gemacht, ging es meistens sofort mit der nächsten weiter. Das wirft eventuell nicht das beste Licht auf mich, aber ich will es nicht verschweigen. Hatte aber die Frau die Beziehung beendet, wiederholten sich fast immer die Qualen der Pubertät. Anders als gedacht und immer wieder behauptet, wird man aus Geschlechtsverkehr nicht schlauer, vor allem, wenn man sich gegen das Schlauerwerden mit allen Kräften wehrt. Kaum war ich nämlich ein paar Monate ohne Sex, hielt ich es nicht mehr aus. Doch neue Frauen wollten sich vor allem im späteren Verlauf des Lebens nicht mehr so einfach einstellen. Aus unerfindlichen Gründen begehren die wenigen ungebundenen Frauen, die es ab einem gewissen Alter noch gibt, keine Männer, die ohne weiteres zu haben sind, sondern nur noch solche, die schon von anderen Frauen in Beschlag genommen worden sind. Besonders vernünftig ist das nicht.

Aber auch ich war kein sonderlich vernunftbegabtes Wesen, denn ich konnte auch im Alter von meiner entschiedenen Art des Verliebens nicht lassen. Ich kannte keine kleinen Flirts oder kurzfristige Sommerlieben. Ich wollte immer alles. Woran das lag? Vielleicht ja an dem Song mit dem Neandertaler. Diese Radikalität, von der ja bereits der Koran abrät – »Du aber, rechtschaffener Mann, verknalle dich nicht wie ein Ungläubiger, der seinen Kopf in den Haschischofen steckt« –, führte natürlich zu nichts Gutem.

Mit meinem vollen Einsatz konnte ich immer wieder Frauen kurzfristig für mich begeistern, doch schaffte ich es in meinem Liebeswahn auch oft, binnen kürzester Zeit alles wieder zu verderben. Für die Menschheit war das durchaus nicht ungefährlich. Immer wieder dachte ich daran, einen Krieg vom Zaum zu brechen, um eine Frau, die nichts mehr von mir wissen wollte, zurückzuholen, oder eine neue zu erobern. Ich träumte von heroischen Rettungen aus brennenden Häusern und anschließendem Geschlechtsverkehr in Schützengräben bei Granatbeschuss. Auch für gemeinsames Verglühen in Atompilzen war ich jeder Zeit zu haben. Wenn die Menschheit gewusst hätte, wie oft sie wegen meines Liebeslebens am Abgrund gestanden hat, man hätte mich sicher irgendwo für immer weggeschlossen.

Natürlich fühlte ich mich in Zeiten, in denen mich die Frauen verschmähten, von ihnen höchst ungerecht behandelt. In diesen Tagen akuter, aber unerwiderter Verliebtheit kam es auch regelmäßig zu heftigen Tagebucheintragungen und Romanentwürfen, wobei letztere um so düsterer waren, je weniger Erfolg ich gerade bei Frauen hatte. Schon die Titel lasen sich nicht gut: »Misogyne Philanthropie«, »Ein notwendig unvollständiger Bericht aus dem Inneren der Frau«, »Die Partei der Toten«, »Der Notgeile – oder: Die niedrigste aller Kreaturen«. Auch hier kann die Menschheit von Glück reden, dass ich nie so lange allein war, um einen dieser depressiven Romane und Großessays zu vollenden.

Jetzt, wo ich aufgrund der Unterlagen langsam etwas klarer sehe, stellt sich mir der ganze Liebesrummel allerdings nicht mehr so dramatisch dar. Er scheint eher ein gigantisches Konjunkturprogramm zu sein, das dazu dient, die Menschheit von anderen Fragen abzulenken und obendrein ihre Wirtschaft auf Trab zu halten. Die nüchternen Zahlen nur meines Beispiels sprechen da für sich.

Um Frauen zu bekommen oder zu behalten, verfuhr ich in meinem Leben genau 53.147 Kilometer mit der Bahn, 41.743 mit dem Auto und 14.898 mit dem Motorrad (Honda 500cc). Außerdem flog ich relativ genau 32 Mal um den Erdball. Ich kaufte 764 Kino- und 32 Theater- oder Opernkarten. Drei Mal ging ich sogar mit einer Frau ins Tanztheater, was ich vollkommen verdrängt hatte, bis ich es eben schwarz auf weiß las. Ich kaufte 528 Blumen- sträuße, 92 Pralinenschachteln, lud 435 Mal zum Essen ein und übernahm 2.126 mal die Getränke. Ich ver- schenkte 811 anspielungsreiche Bücher, 237 Platten und CDs und produzierte 52 Mix-Tapes. Ich telefonierte 17.452.580 Sekunden mit meinen Frauen, schrieb ihnen 12.673 Emails, 42.145 SMS und 1.228 Briefe voller Lie- besschwüre.

Natürlich hat der ganze Liebeszinober noch ein paar andere Aspekte. Das zeigt eine andere Statistik, aus der ich nicht so gerne zitieren mag. Hier geht es hauptsäch- lich um Dinge, die ich den Frauen zugefügt habe. Ge- meinheiten, Verletzungen, Betrügereien, Beleidigungen usw. Auch die Lüge, die ich der kleinen Bluestänzerin gegenüber gebrauchte, ist hier aufgeführt. Seltsamerweise hatte ich diese Dinge alle komplett vergessen, wohinge- gen mir das Unrecht, das mir die Frauen zugefügt haben, immer gegenwärtig war.

Vor zwei Tagen aber änderte sich alles. Ich lief vor ein Auto und wurde in ein Krankenhaus gebracht. Doch das nutzte nicht mehr viel. Ich bin nämlich, wenn ich mich nicht irre, seit etwa vierundzwanzig Stunden tot. Und in meinen letzten Sekunden hier auf dieser Erde fiel mir das ganze Unrecht wieder ein, dass ich den Frauen angetan hatte. Folglich fuhr ich direkt nach meinem Exitus zur Hölle. Das schien der einzige angemessene Ort für je- manden wie mich zu sein. Hier freute sich der Mann mit den zwei Hörnern zwar, mich zu treffen. Er war aber auch etwas skeptisch: »Keine Ahnung, ob wir dich ge- brauchen können.« Dann gab er mir einen Stapel Papiere: »Tut mir leid, aber wir sind im Moment etwas überlastet. Das hier ist deine Gesamtaufstellung. Geh das mal durch und kreuz mir an, was du für deine schlimmsten Sünden hältst. Wir sprechen uns dann später.«

Jetzt sitze hier und arbeite mein Beziehungsleben durch, die Höhepunkte und Verfehlungen. Alles ist sehr interessant. Ich kann mich aber leider nicht richtig konzentrieren. Das liegt nicht nur daran, dass aus einer Hölle direkt neben mir die Schreie von ein paar hunderttausend gefolterten Seelen dringen. Drüben läuft auch sehr laute Musik. Es ist immer derselbe Song mit einer simplen Melodie und einem monotonen Rhythmus. Ich glaube, es ist: »Neanderthal Man.«

Zeittafel

0 Jahre: Zum ersten Mal in einem neuen Körper / Zum ersten Mal Langeweile

1 Jahr: Zum ersten Mal »Es kommt keiner« / Zum ersten Mal wütend

2 Jahre: Mein erster Prominenter*

3 Jahre: Zum ersten Mal auf den Kopf gefallen

4 Jahre: Zum ersten Mal eine Ahnung

5 Jahre: Zum erst Mal komisch

6 Jahre: Zum ersten Mal erster Schultag / Der erste Füller

7 Jahre: Zum ersten Mal am Meer / Der erste Schluck Coca Cola

8 Jahre: Zum ersten Mal tot* / Der erste Hamster

9 Jahre: Zum ersten Mal Heimweh / Die erste Schildkröte

10 Jahre: Zum ersten Mal schwimmen / Die erste Kuh (adoptiert)

11 Jahre: Der erste Popsong: Eloise / Barry Ryan

12 Jahre: Die erste LP: In-A-Gadda-Da-Vida / Iron Butterfly

13 Jahre: Zum ersten Mal dagegen* / Zum ersten Mal Sex* / Zum ersten Mal nicht kriminell*

14 Jahre: Zum ersten Mal auf Drogen (wahrscheinlich)*

15 Jahre: Zum ersten Mal arbeiten* / Zum ersten Mal eine Idee* / Zum ersten Mal Maoist

16 Jahre: Zum ersten Mal Hausbesetzer / Die erste Festnahme

17 Jahre: Die erste anständige Tracht Prügel* / Die erste Schreibmaschine

18 Jahre: Zum ersten Mal ein absurdes Gefühl

19 Jahre: Zum ersten Mal Schießen (Sturmgewehr G 3) / Zum ersten Mal Anarchist

20 Jahre: Zum ersten Mal in der Psychiatrie (als Pflegehelfer)

21 Jahre: Der erste Quarter-Pounder / Zum ersten Mal Montezumas Rache

22 Jahre: Zum ersten Mal Redakteur des legendären Dreck-Magazins / Zum ersten Mal Student / Die erste Wohngemeinschaft

23 Jahre: Zum ersten Mal Aktionskünstler* / Das erste große Punk-Konzert (Dead Kennedys, Scala, Herford)

24 Jahre: Zum ersten Mal Taxifahrer

25 Jahre: Zum ersten Mal Gandhi / Zum ersten Mal Jean-Luc Godard

26 Jahre: Zum ersten Mal Rundfunk-Hörspielautor (Titel vergessen, Hörspiel verschollen, lustig und unbedeutend)

27 Jahre: Zum ersten Mal seit der Kindheit an Silvester vor Zwölf im Bett

28 Jahre: Zum ersten Mal Manager einer Punkband (»Notdurft«)

29 Jahre: Der erste gedruckte Text in einem lustigen Heftchen / Zum ersten Mal zu Besuch bei Bauer Ewald

30 Jahre: Zum ersten Mal Nichtraucher

31 Jahre: Zum ersten Mal ganz unten / Der erste Computer

32 Jahre: Zum ersten Mal Akademiker

33 Jahre: Zum ersten Mal draußen* / Zum ersten Mal drüben (DDR)* / Zum ersten Mal in einem Trabbi

34 Jahre: Zum ersten Mal ganz oben / Zum ersten Mal bei Karl-Eduard von Schnitzler

35 Jahre: Vielleicht zum ersten Mal in Marburg* / Zum ersten mal Klaus Kinski

36 Jahre: Die erste Bundespräsidentschaftskampagne (»Möllemann for president!«) / Zum ersten Mal nicht witzig

37 Jahre: Zum ersten Mal Einzelbuchautor (»Die letzte Stunde des Herrn K.«)

38 Jahre: Zum ersten Mal ratlos* / Zum ersten Mal im albanischen Fernsehen

39 Jahre: Zum ersten Mal rein gar nichts

40 Jahre: Die erste Parkettpalastwohnung / Zum ersten Mal Petit Fours mit Hendlkönig Friedrich Jahn

41 Jahre: Zum ersten Mal Bestsellerautor / Das erste Handy

42 Jahre: Zum ersten Mal in China

43 Jahre: Zum ersten Mal Comedy-Söldner* / Zum ersten Mal Nazi-Darsteller / Zum ersten Mal bei MTV (»Lesezirkel« mit Stuckrad-Barre)

46 Jahre: Zum ersten Mal Kulturpessimist* / Zum ersten Mal inkognito/ Zum ersten Mal der große Durchblick*

47 Jahre: Zum ersten Mal im Registry of Marriages, Singapur

48 Jahre: Die erste Hochhauswohnung in Peking

49 Jahre: Der erste chinesische Satz

50 Jahre: Zum ersten Mal fünfzigster Geburtstag

51 Jahre: Zum ersten Mal auf dem Mount Everest (Base Camp)

52 Jahre: Zum ersten Mal bittere Reue*

53 Jahre: Zum ersten Mal WM-Fussballkommentator im chinesischen Fernsehen / Zum ersten Mal dick (zwei Wochen lang)

Mit * gekennzeichnete erste Male verweisen auf Kapitel in diesem Buch.

Dank für Inspiration, Korrekturen, Erstabdruck, Auskunft und Unterstützung:

Phillip Albers, Christian Ankowitsch, Heiko Arntz, *Berliner Zeitung*, Klaus Bittermann, Carmen Böker, Holm Friebe, Max Goldt, Yingxin Gong, Gerhard Henschel, Tex Rubinowitz, Catrin Siegert, Jörg Sundermeier, Verbrecher Verlag, Wir höflichen Paparazzi, Zentrale Intelligenz Agentur.

Kostüme: Die japanische Billigkette Uniqlo sowie das dänische H&M-Pendant Jack & Jones.

Catering: Kantine von Yinda Properties; Hong Zhuang Yuan, Peking; Korea-Haus, Danziger Strasse, Berlin

Rechner: iMac A 1224, MacBook A 1181.

Beim Schreiben dieses Buches hörte Herr Schmidt Musik von Black Rebel Motorcycle Club, Ian Brown, Depeche Mode, Donovan, The Fall, Fleet Foxes, Hawkwind, The Hollies, The Horrors, Hotlegs, Girls Aloud, Godspeed You Black Emperor, Guillemots, The Long Blondes, Klaatu, Love, Magazine, Magma, Maximo Park, MGMT, Muse, Peaches, Placebo, Primal Scream, Spacemen 3, Spoon, The The, TV on the Radio, Jay-Z, Van Dyke Parks, Wire, Yeah, Yeah, Yeahs, The Zombies und vielen anderen.

Aus der Reihe Critica Diabolis

http://www.edition-tiamat.de